騎士団長と秘密のレッスン

登場人物紹介
ジルベルト・ウィンタール
王国騎士団の団長。
ウィンタール公爵家の長男。
眉目秀麗で人望も厚く、
騎士としての腕前も一流。
初恋を拗らせている。
マリエル・エルスタイン
王国騎士団の女性騎士で
伯爵家の次女。
ハキハキとして負けん気が強い。
思ったことをはっきり言う
性格だが、色恋には疎く、
自分への好意には少し鈍い。

シーラ
絶大な魔力を持つ、北の大地に
住む魔女。極度の男嫌い。
偶然見つけたマリエルを気に入る。
エアロ
魔女に仕える執事。
真っ黒なカラスに変身できる。
マリエルを優しく支える。
ルブルス
マリエルの元婚約者。
リリーに乗り換えた浮気者。
リリー
ルブルスの恋人。
豊満な胸と美貌が自慢。

プロローグ　婚約解消と協力者

「マリエルじゃ勃《た》たない。婚約を解消してほしい」

「……は？」

目の前の婚約者が告げた言葉の意味がわからず、呆然とする。

婚約者であるルブルス様は、さも自分が正しいことを言っている態度で、私をじっと見つめている。

なんで、ルブルス様はこんなに堂々としているの？　というか、こんな喫茶店で話す内容じゃなくない？　勃《た》たないとか私にかなり失礼だよね？　第一そんな理由で婚約解消なんてできるの？　家同士で決められた結婚なのに？

私の頭の中は疑問と不満でいっぱいだ。

「とりあえず落ち着いて話しましょうか」

「私は落ち着いている。事実としてマリエルじゃ勃《た》たないのだ。勃《た》たなければ、後継ぎをつくることもできないだろう。結婚する最大の目的が達成されないのだから、婚約解消は妥当だと考える」

……勃《た》たないってまた言った。本当に失礼な人だ。

ルブルス様ってこんなこと言う人だっけ？　会ってない間になんか人が変わったみたい。

その時、喫茶店に誰かが入ってきたと思ったら、目の前のルブルス様がすごい勢いで立った。

「リリー!!」

「ルブルス！　会いたかったわ!!」

喫茶店には場違いな真っ赤なドレスを着たグラマラスな美熟女がこちらへ向かってくる。

私の婚約者を呼び捨てにしたその女性は、私の目の前で彼と抱き合い、見つめ合っている。今にもキスをしてしまいそうな距離だ。ルブルス様は今まで見たこともない蕩《とろ》けた表情をしている。

そして、私は完全に無視されている。

「ルブルス、話は終わったぁ？」

その女性はそう言いながら、ルブルス様の胸辺りをツンツンしている。

「あぁ、リリー。君が教えてくれたようにマリエルに話したらわかってくれたよ。それなら仕方ないって。ねぇ？　マリエル？」

ルブルス様はそう言って、私に微笑みかける。

全くもってわかっていないし、仕方ないとも微塵《みじん》も思ってないけど、この二人を前にして、話すのは無理なような気がしてきた。なんだ、この茶番は。

私もこんな馬鹿なことを言う人と結婚したくはない。勃《た》たないから婚約解消なんて酷《ひど》い理由じゃ次の婚約者は望めないかもしれないけど、もういいや。生涯、騎士として国に身を捧げよう。

お父様は怒るかもしれないけど、娘が侮辱されているのに、無理やり嫁がせようとは思わないだろう。厳しく見えるが、私たちのことをしっかり愛してくれている父だ。

「かしこまりました。それでは、今後の手続きに関してはエルスタイン家に直接ご連絡をお願いいたします。ルブルス様、今までありがとうございました。お元気で」

私はルブルス様に微笑みを返した。

ルブルス様はそれを満足そうに見てうなずくと、女性の腰を抱いて歩き出そうとした。

「ルブルス、ちょっと待って。私からも彼女に言いたいことがあるわ」

そう言って彼女がルブルス様を止める。謝罪でもするのかな？　もうこうなってしまった以上、そんなのいらないのだけれど。

「マリエルさん……でしたっけ？　ごめんなさいね。ルブルスは私に焦がれるあまり、私のような魅力的な身体にしか反応しなくなってしまったの。私は貴方のような控えめな体型も素敵だと話したのだけれど……どうしても私が良いって聞かなくて。でも、ルブルスは私が責任を持って幸せにするから、安心してね！」

彼女はそう言って、勝ち誇った笑みを浮かべる。そして、少し腰をかがめて、私にこっそり耳打ちした。

「ルブルスって胸が大好きで、痛いくらいに揉みしだくのよ。だから、あなたには耐えられないと思うわ。ない胸を揉まれるのは痛いでしょうから」

二人は喫茶店を出ていく。二人で絡みつきながら歩くその後ろ姿に吐き気がした。

喫茶店の中ではコソコソと周りのテーブルに座っている人が話している。「勃《た》たないから婚約解消なんてあり得ないよね～」「勃《た》たないってどれだけ貧相な身体なの？」「顔は美人なのに」等々好き勝手だ。

なんで私がこんな惨めな思いをしなければならないのか。

テーブルにはすっかり冷めた紅茶が残っている。私は、はしたなくもそれをぐいっと飲み干した。

ルブルス様と別れた一時間後、私は騎士団の訓練所で一心不乱に剣を振っていた。

午前中に仕事を終え、婚約者とのデートに向かったはずの私がすぐ帰ってきて、凄まじい形相で素振りを始めたので、同僚たちは何事かとこちらを窺っている。

それでも、誰にも構われたくなくて、私はただただ剣を振り続けた。

流れる汗もそのままに、私は今までのことを思い返していた。

★　☆　★

ここは、大陸の端にあるチューニヤ国。大国とは言いがたいが、そこそこ豊かな資源があり、美味しい物が多く採れる恵まれた国だ。陛下も国民を大事にしてくれる人格者で、ここ十年ほどの国内は安定している。

そんな平和な国で、私マリエル・エルスタインは、伯爵家の次女として生まれた。愛情深い両親の下、少し頼りない兄と才色兼備を体現したような姉と共に育った。幼少期は、とにかく外で遊ぶのが好きで、刺繍《ししゅう》に興じる姉を横目に兄と一緒に騎士ごっこをして遊ぶような子供だった。

難しいことを考えたり、言葉の裏側に隠された真意を推し量ったりすることが得意ではなかった私には、息をするように嘘やお世辞を言い合う社交界はさっぱり向いていなかった。きっとそういった才能は一つ残らず美しい姉が持っていってしまったのだろう。

結局、兄のやることを真似し、追い越し、剣術も乗馬も兄より上達した私は、五年前、貴族令嬢という窮屈なドレスを脱ぎ捨て、騎士服を着ることにしたのだ。

この国の貴族令嬢は、ほとんどが二十歳までに結婚する。それまでは社交界に参加し、結婚相手を探したり、人脈を築いたりするのが普通だ。私のように騎士になる貴族令嬢は、騎士団全体を見ても片手で数えられるほどしかいない。当然私が騎士になりたいと家族に話した時も大反対された。しかし、ちゃんと結婚はするつもりだと話したところ、渋々入団を許可してくれた。

だから、どんなに騎士の仕事が楽しくても、騎士団の居心地が良くても、伯爵令嬢としての務めは忘れたことなんてなかった。現在十八歳の私も来年には騎士を辞めて、ルブルス様と結婚する予定だった。この結婚は伯爵令嬢として落ちぶれた私にできる唯一の親孝行だと思っていたから……

なのに、こんなことになるなんて。

ルブルス様とは七歳の頃から婚約者としてお付き合いをしてきた。親が決めた結婚でそこに恋愛感情はなかったが、彼は温厚な性格で、お転婆と家の者から言われる私のことも元気があるのは良いことだと言ってくれていた。私が騎士団に入りたいと話した時も、結婚するまでは好きにしてもらって構わない、と私の意見を尊重してくれた。

定期的に手紙でやり取りをしていたし、仕事の合間を縫ってお茶にも誘った。私の記憶ではつい数か月前まで上手くやれていた。しかし、この数か月はルブルス様のお仕事が忙しく会うことができなかった。

確かに仕事の関係で今まであまり参加していなかった夜会にも積極的に参加するようになったとは聞いていた。夜会などには婚約者を同伴する人も多いが、ルブルス様に無理しなくて良いと言われ、私は騎士団の仕事に就いていていた。

夜会には将来のパートナーを探しに来る人もいれば、ビジネスの繋《つな》がりを求めて参加する人も多くいる。ルブルス様は後者の目的だったはずだが、そこで彼女と出会ってしまったのだろう。

ここまで考えたところで、私は剣を止めた。じっと剣先を見つめて思う。

もう婚約解消のことはどうでもいい。ルブルス様とは平和な家庭が築けるかと思っていたけど、あんな失礼な人とはもうやっていけない。別に好きだったわけではないからなんの未練もない。元々なんでもかんでも私任せで、いけ好かないと思っていたのだ。向こうの都合で婚約解消できたのだから、喜ばしいくらいだ。騎士団も続けられるし！

……ただ!!　あの女には腹が立つ!!

たいしてスタイルも良くないくせに、胸部に付いた贅肉くらいで偉そうにして……！　大体私だって極端に胸が小さいわけでもない。騎士で常にサラシを巻いているから、大きくは見えないだけだ。それに私はまだまだ成長期だし、これからのはず。私の母も姉も巨乳だから私もいつかはきっと……!!

そこで、私は一つ名案を思いついた。

巨乳になって、あの女を見返してやろう!! と。

それに加えて、夜会でルブルス様より格上の人にエスコートしてもらえたら完璧だ。

あの女がわなわなと震える姿を想像して、ふふっと笑みが零《こぼ》れる。

これくらいの仕返しはいいわよね？ 善は急げと言うし、副団長に相談に行こう!! 良い男性を紹介してもらって、胸を大きくする方法を教えてもらおう!!

私はすっかり眉間の皺《しわ》を消して、指揮官室に向け、足早に歩き出した。


私たち女性騎士はみんななにかあると、副団長に相談しにいく。

副団長のシルヴィ様は女性だが、団長に次ぐ実力者だ。身体のしなやかさと軽さを最大限に活かした素早い剣技で敵を圧倒するため、巷《ちまた》では剣舞姫《けんぶひめ》と呼ばれている。副団長は女性騎士の筆頭として、私たちの要望を取り入れ、女性でも活躍できる騎士団づくりをしてくれている。強く美しい副団長は、女性騎士にとって憧れの存在であり、お姉さん的存在なのだ。ついでに胸も大きい。

息を整え、指揮官室の扉をノックする。

「マリエルです」

「入って良いわよ」

扉を開けると副団長だけではなく、団長のジルベルト様までいた。団長は普段、王城へ呼ばれたり、騎士の指導をしたりと忙しくされているため、日中の指揮官室にはいないことが多い。今朝も王城に行くのを見たため、勝手に団長はいないと思い込んでいた。

「団長もおいででしたか。失礼しました。また改めて参ります」

そう言って退室しようとすると、副団長に止められる。

「え、今聞くよ。それとも、ジルベルトに聞かれちゃまずい話？　騎士団のことなら、直接ジルベルトに話したほうが早いと思うけど」

「騎士団の話ではなく、ごくごく個人的な話なのです。別に聞かれてまずいということはありませんが、団長に不快な思いをさせてしまうかと思いますので」

「大丈夫だ。ここで話して構わない」

団長が即答する。

「……え？　でも、本当に個人的な話ですし、お仕事の邪魔になるかと……」

私は重ねて断ったが、副団長に止められた。

「いいのよ、マリエル。マリエルさえ嫌じゃなければ、今話して。ジルベルトもマリエルと話せなくて寂しいのよ。少しは頼ってあげて。ほら、そこの椅子に座って」

「は、はぁ……。では、失礼いたします」

団長が私と話せなくて寂しい意味がわからなかったが、聞かれて困る話でもないので、このまま相談させてもらう。大体、団長も私の婚約解消に興味なんてないだろうし……。

「実は、この度、婚約を解消することになりまして――」

「何っ⁉　婚約を解消しただと⁉」

団長が勢いよく立ち上がり、椅子が倒れる。それを副団長がキッと睨んだ。

「もう、びっくりするじゃない！　気持ちはわからないでもないけど、落ち着いて」

「あ、あぁ……そうだな。すまない、マリエル続けてくれ」

団長がおかしい。男女の色恋なんて興味なさそうなのに、私の婚約解消話にこんなに食いついてくるなんて。団長の反応は気にはなったが、話の続きを急《せ》かされているような気がしたので、簡単に婚約解消に至った経緯を説明した。説明をしているうちに、また腹が立ってくる。

「勃《た》たないってすごく失礼じゃないですか？　確かに騎士服の時は男性っぽいですけど、髪だって長いし、身体つきだって男性とは違いますよね？　確かに胸はないように見えますけど、サラシを巻いているからであって、馬鹿にされるほどじゃないっていうのに！　家系的にもちょっと頑張れば大きくなるんじゃないかと――」

私が話をしている間、団長がブツブツと「勃《た》たないなんて信じられない。俺はいつも……」とか「女性らしいほっそりとした腰と脚線美が……」とか「控えめな胸でも俺は……」とか、私を励まそうとしているのか、独り言なのかを呟いていたが、反応に困ったので聞こえないふりをした。

「というわけで、副団長！　半年後の大きな夜会であの女を見返してやりたいんです！　その時に協力してくれる素敵な男性を紹介してくれませんか⁉　あと、どうしたら胸って大きくなりますか？　どう頑張ったらいいのかさっぱりわからなくて――」

私の話を聞く副団長はニコニコとして、いやに上機嫌だ。

「大丈夫！　ぜーんぶジルベルトが解決してくれるわ♪」

「「……は？」」

団長と私はそろって間抜けな声を出した。副団長はそのまま話し続ける。

「ジルベルトは公爵家嫡男よ。しかも、見ての通りこの整った容姿で騎士団長！　こんなに良い男はなかなかいないわ。無愛想だし、いろいろ拗《こじ》らせてるけど、超オススメよ！　夜会に連れていったら、その女狐も腰抜かすんじゃない？　どう？」

私は団長の顔を見つめた。

どうって言われても……私と団長が並び立つなんてあり得ない。

団長は短い黒髪に、美しいコバルトブルーの瞳を持つ美丈夫だ。背は高く、鍛え上げられたその肉体はまるで芸術品のようで、私も見かけると惚れ惚れしてしまう。

その上、家柄も良く、地位も実力もある。私にとっても憧れの存在だし、年頃の令嬢の誰もが一度は夢見るような相手だ。しがない伯爵家の次女である私の相手をお願いしていい方ではない。

しかも、半年後の夜会は年に一度の大きな催しなので、団長もそこで婚約者様と参加されるだろう。団長は二十代後半だったはずなので、いつそういう話があってもおかしくない。それまでに結婚や婚約が決まる可能性だってある。そうなったら、団長だけではなく、その婚約者様にまでご迷惑をお掛けしてしまう。私は毅然と断った。

「さすがに団長にご迷惑をお掛けするわけにはまいりません。それに私の実家は伯爵家です。公爵家の団長とは身分が釣り合いません。団長も婚約者様がいらっしゃるでしょうし、他の方をご紹介――」

そう言いかけた時、団長が机をドンっと叩いた。驚いた私は、口を閉じた。

「俺に婚約者はいない。身分など大した問題ではない。夜会当日は俺がエスコートしよう」

「で、でも……！」

「ちょうど俺も一緒に行く相手を探していた。マリエルが引き受けてくれるなら、俺にも十分メリットがある。どうかエスコートさせてほしい」

団長が私を見つめる。

なんだか熱心に見つめられているが……そんなに一緒に行く相手に困っているのだろうか？　令嬢を遠ざけるために誰かをそばに置いておきたい、とか？　それなら私でも迷惑じゃないかな？　確かに団長以上の人なんていないし……私にとっても良い思い出になる。

「では……大変恐れ入りますが、エスコートをお願いしてもよろしいですか？」

私がそう言うと、団長が柔らかく微笑んでくれた。

「あぁ。もちろん構わない。当日はよろしく頼む」

団長ってこんな風に笑うんだ……。普段は見せないその笑顔になんだか胸がざわつく。

「相手が見つかって良かったわね、マリエル。私に相談に来てくれて本当に良かったわ。騎士のうちの一人にでも頼んだら、きっと誰かさんが怒りと悲しみで少なくとも一か月は使い物にならなくなるところだったから」

副団長が何を言ってるかさっぱりわからないが、とりあえずエスコートしてくれる相手は見つかった。あとは、半年後の夜会に向けて、胸を大きくするだけだ。

「それで副団長、どうしたらもっと胸って大きくなりますかね？　団長がこれも解決してくれると言いましたが、鍛え方を教えてもらえるのですか？」

「そんなのもっと簡単よ！　揉んでもらえばいいわ！」

「「……は？」」

またしても私と団長の声が重なる。

「だーかーらー、ジルベルトに揉んでもらえばいいのよ。胸は揉むと大きくなるの。だからって、自分で揉んでも効果ないわよ？　男性に気持ち良く揉まれることが大事なの」

「シ、シルヴィ!!　な……な、何を言ってるんだ!?　付き合っているわけでもないのに、そんなこと!!　……そ、それにマリエルも俺のような無骨な男では気持ちいいどころか、怖いだろうし……」

「いや……別に怖くはないですけど……」

確かに興奮して、無理やり迫ってきたら怖いだろうけど、団長はそんなことをする人じゃない。怖い顔をしていても、訓練の時にどれだけ厳しくても、団員のことを大事に想っているからこその行動だと理解している。不器用ながらも、根はとても優しい人なんだろうなぁ……と常日頃の行動を見ていればわかる。

胸を揉んでもらうかは別の話だけど。

そんな私の心情を無視して、副団長は話を進める。

「怖くないならいいじゃない！　それに、ジルベルト？　どれだけ逃げ回ったって、貴方は公爵家嫡男なんだし、結婚しなきゃならないでしょ。いつまでも初恋拗《こじ》らせてないで、これを機に向き合いなさいよ」

　団長は目を泳がせている。

「だ、だが……マリエルに迷惑をかけるわけには――」

　団長はやっぱり結婚したくないんだ。初恋を拗《こじ》らせて今でも相手を想っているだなんて……そんなに想われるなんて随分と幸せな女性だ。私には縁のない話だとわかってはいるけど、少し羨ましい。団長なら皆喜んで告白を受け入れてくれるだろうに、なにか問題があるのだろうか。

「まったく……じゃあ、誰に頼むのよ。マリエル、いいわね？　ジルベルトに協力してもらいなさい。ジルベルトなら口が堅いし、万が一のことがあっても、この人なら大丈夫だから。揉んでもらって、胸が大きくなるなんて簡単でしょ。身体を鍛えるのと同じ。訓練……とは違うか。そうね……レッスンつけてもらいなさい。大人のレッスン♪　はい、この話は終わり。解散！」

　副団長は立ち上がり、机の上の書類を片付けはじめる。

「え。副団長!?　私はどうすれば――」

「知らないわよ。あとは二人で決めなさい。私は解決策を提示したわ。じゃあ、私は今日早上がりの日だから、もう帰るわね。お疲れさま～」

　それだけ言うと、副団長はさっさと指揮官室を出ていってしまった。団長と二人残された室内には微妙な空気が漂う。

「え、えっと……。あ、あはは……。副団長は何を言ってるんですかね。大人のレッスンって……揉んで胸が大きくなるなんて、そんなことあるはず――」

「いや、確かに俺も聞いたことがある……下世話な話だが、団員たちが話していた」

「……そ、そうですか」

まさかの回答に苦笑いで固まる私。団長は私の瞳をじっと見つめて言った。

「手伝わせてくれないか？」

「は……？　ほ、本気ですか？」

「本気だ。俺のためにも手伝わせてほしい」

……俺のためってなんだ？　夜会はともかく、胸を揉むことに団長にどんなメリットが？　胸が好きとか？　それとも女性に抵抗があって経験が積みたい、とか？　処女であることがそれほど重要ではないこの国であれば、団長なら頼めば触らせてくれる女性くらいすぐに見つかるだろうに。

一瞬団長が知らない令嬢の胸に手を伸ばす場面を想像し、なんだか落ち着かない気分になる。

私は慌ててその想像を振り払った。やっぱり悶々と考えるのは性に合わない。別にいっか。団長がやりたいって言ってるんだし、私もそういうことに興味がないわけではない。この先、結婚できないかもしれないなら、それっぽいことを経験しておくのもいいだろう。

その上、団長ほど素晴らしい肉体の持ち主はいない。顔も誰もが認めるイケメンだ。これを逃したら、こんな素敵な人と関わる機会なんて二度とないだろう……それなら――

「……よろしくお願いします」

「こ、こちらこそよろしく頼む」

こうして私と団長の秘密のレッスンは始まることとなった。

第一章　レッスン開始

次の日の夜、私は再び指揮官室に来ていた。

昼間は騒がしかった訓練場と官舎だが、ほとんどの騎士が官舎に帰り、夜は当直の騎士がいるだけだ。指揮官室のあるこの階には私たち二人しかいない。やることがやることなので、一応他の騎士にはバレないように会おうと、夜にレッスンをすることにしたのだ。

「で、では、よろしくお願いします」

「……こちらこそよろしく頼む」

ソファで向かい合った私たちは、ぎこちなく目線を合わせる。

「……早速揉んでもらってよろしいでしょうか？」

「わ、わかった。失礼する」

私はワンピースの上に羽織っていたストールを落とし、少し胸を突き出す。……もちろんサラシは外してきた。

団長がそっと胸に触る。

と思ったら、すぐに手を引っ込めた。

「マ、マリエル……まさかワンピースの下は何も着けてないのか!?」

「え、はい。だって、刺激を与えるのが目的だし、なにか着けていたら触りにくいと思って……。ダメでしたか？」

やっぱり迷惑なのかも……。思った以上に貧相な胸できっとがっかりしたんだ。拒絶されたようで悲しくて、少し目が潤んでくる。

「ち、違うんだ、マリエル！　少しびっくりしただけで。布の感触を予想していたのに、温かで柔らかい感触が手に直接伝わってきたから……あの、その、全然ダメじゃない」

団長が顔を赤らめる。なんだか可愛いらしく見えてきてしまうから、不思議だ。それに「ダメじゃない」と言ってもらって、私の気持ちは軽くなった。

「……じゃあ、がっかりしたんじゃないんですね？」

「がっかりなんて、そんなのするはずない!!　……す、すごく良かった」

団長はごほんっと咳払いをする。

「取り乱してすまない……。それでは、改めて失礼する」

団長の喉仏がごくっと動く。男らしく太い首に大きな喉仏。喉仏の右斜め下にはホクロが一つ……なんだかすごくセクシーだ。

団長の手が今度こそ確実に私の胸に触れた。

「や、柔らかいな。それにしっかりと膨らみも感じられる。……とても可愛い」

そう言って団長はふにふにと私の胸を押したり、軽く撫でたりする。

気持ち良いというかくすぐったいし、なんだかもどかしい。

「……ん。もう少し強く……あの、揉んで、ください」

「あ、あぁ。揉んだったな。慣れてなくて……悪い」

「い、いいえ。私も可愛い反応もできなくて」

「いや、マリエルは可愛い。先程の息遣いだけで、おかしくなりそうだった。それにどんな反応をするかは、私の力量の問題だろう」

団長は、私の胸を大きな手で覆うと、優しく揉みはじめた。私は目を閉じて団長の手の感触に集中する。

団長の手の温かさがしみこんでくるように、胸がじんわりとしていく。私の鼓動も速くなっている気がする。このドキドキが団長にも伝わってしまいそうで恥ずかしい。団長は優しく丁寧に、時々強弱をつけながら、私の胸を揉む。

こうやって男性に胸を揉まれるなんて初めての経験だが、身体がゾクゾクする……けど、不思議と嫌ではなかった。

「くすぐったいけど、なんだか気持ちいい……」

「それは良かった。あぁ、本当に柔らかい。素晴らしいな。いくらでも触っていられそうだ」

団長はどこかうっとりしたように言う。

「ありがとう、ございます。団長に、気に入ってもらえて、うれしい……」

「最高だよ。なんて、可愛いんだ。しかも、マリエルは敏感なんだな。ほら、真ん中の可愛い蕾《つぼみ》が立ってきた。こっちも可愛がってほしいのか？」

そう言って団長は、私の乳首の周りをカリカリと刺激した。

「んっ！　あぁ、だめぇ！」

自分のものとは思えないような甘ったるい声が出て、驚きと同時にひどい羞恥心に襲われる。でも、団長はそれを楽しんでいるかのように妖《あや》しく笑った。

「ダメじゃないだろう？　しっかり立ち上がって、俺からの刺激を待ちわびているようだが？」

団長は私の乳首の周りをいまだに刺激している。ちゃんと、真ん中を触ってほしい。

「あんっ！　お、おねがい、です……真ん中にさわって」

私は涙目で団長にお願いする。団長は獣のような熱い眼差しで私を見つめて、ニヤッと笑った。

「……初回からおねだりができるなんてマリエルはいい子だな」

乳首をキュッと挟まれる。

「あぁ!!」

気持ちいいっ……こんなの初めて。おっぱいを触ってもらうのってこんなにいいものなの？　それとも……団長だから？

「だんちょう！　すごくいいよぉ……！」

「……くっ！　マリエル、俺を試しているのか？」

そう言って団長は先ほどよりも強く胸を揉み、乳首を弾く。指揮官室の中には私と団長の熱い息遣いが響く。

頭がぼーっとして身体が熱い。いつも険しい顔を崩さない団長なのに、今は欲情の炎を瞳に宿し、少し荒い息遣いで……そうさせているのが私だと思うと、堪らなく嬉しくなる。何故だか下腹部もキュンキュンと疼《うず》く。

「んっ！　団長、なんかっ、なんかおかしいよぉ……」

「はぁ、マリエル……。これは、かなり辛いな」

団長が呟いたその時だった。

コンコン。

誰かが扉をノックした。団長と私の動きが止まる。身体の熱がスッと引いていく。

「団長ー。今日の夜食は食べますかー？」

今日の当直担当のダニエルだ。

「い、いや。今日はもう帰るから遠慮しておこう」

「了解でーす」

ダニエルはそれだけ確認すると、扉の前から去っていったようだ。私たちは息を潜めて、ダニエルの足音が遠ざかるのを聴いていた。

足音が全く聞こえなくなって、私と団長は揃って、大きく息を吐いた。

「すまない。今日、夜食は食べないと伝えるのを忘れていた」

「い、いえ。びっくりしましたけど、大丈夫です。私も確認のこと、忘れてました……」

団長はいつも遅くまで仕事をしている。そのため、当直の騎士と一緒に夜食を食べることがあるのだ。夜食を作り始める前に当直担当の誰かが聞きにいくか、団長が事前に騎士まで伝えることになっている。私も当直担当になることがあるくせに、すっかり忘れてしまっていた。

「あー……と、とりあえず今日はこのくらいにしておくか？」

団長は私の胸から手を離した。

急に胸のあたりが寒くなり、寂しい。もっと団長の熱を感じたかったな……とは思っても、我儘《わがまま》は言えない。

「そう、ですね。どうもありがとうございました。あの……すごく良かったです。これなら大きくなるような気がします」

「それは良かった……！」

そう言って、団長は嬉しそうに笑った。

……そんなに無防備な笑顔を見せないでほしい。勘違いしそうになる。でも――

「あ、あの。次もお願いしていいですか？」

「……あぁ。ぜひ」

こうして一回目のレッスンは終わった。


次のレッスンは五日後の夜にやってきた。

私は前回のレッスンの後、あの気持ち良さを再現できないものかと自分でも触ってみたが、全く気持ち良くなかった。それに、窓ガラスに映る自分の姿があまりにも恥ずかしかったからすぐにやめた。

団長が触ると、なんであんなに気持ち良いんだろう？　レッスン時の団長は、騎士団にいる厳しい団長と全然違って……まるで壊れ物に触れるような優しい手つきで私の胸を包んでくれた。団長の大きな手は気持ち良くて、ずっと触れていてほしくなるほどだ。

「あんなに上手なんて、やっぱり慣れてるんだろうなぁ……」

複雑だが、初めての私があんなに気持ち良くなってしまうなんて、それしか考えられない。でも、訓練場では常に険しい顔をしているあの団長が、ベッドの上ではあんな風に女性に妖《あや》しく笑いかけていたなんて予想外だった。想像もできない……いや、そんなの想像したくない。あの夜私にしたことを他の人にもしているかもと考えただけで、何故だか胸が詰まるのだ。

そんなことを考えているうちに、指揮官室の前に来ていた。

「マリエルです」

「入れ」

いつもの団長の声が響く。

指揮官室の中に入ると、団長は紅茶を淹《い》れようとしていた。

「お茶の時間でしたか。タイミングが悪く、申し訳ありません。また出直しましょうか？」

「いや、これはマリエルのために淹《い》れたんだ」

団長は手を止めて、私に微笑みかけた。その笑みを見ていると、やっぱり胸がきゅっとなる。

「私のため、ですか？　そんな団長に手ずから淹《い》れていただくなんて、恐れ多いです」

「マリエルに飲んでほしくて淹《い》れたんだ。今回は少し話をしてから、始めたい」

「……わかりました。では、お言葉に甘えさせていただきます」

団長の淹《い》れる紅茶の香りが漂ってくる。良いその香りに肩の力が抜けて、緊張がほぐれていく。

入団して五年になるが、団長と二人でゆっくり過ごしたことなんてなかった。だから、団長が自分で紅茶を淹《い》れることも知らなかったし、仕事以外では割と表情豊かなことも最近知った。団長が私の前にカップを置く。

「ありがとうございます」

「人に淹《い》れたことはほとんどないんだ。口に合うかわからんが」

一口紅茶を飲むと、口の中にはフルーツのような甘い香りが広がる。

「……おいしい！　なんだか甘い香りがします」

「そうだろう？　これは我が公爵領の名産品なんだ。果物のラキィの香りがするだろう？　フレーバーティーといってな、幼い頃からよく飲んでいた。マリエルの口にも合ったようで嬉しいよ」

団長は柔らかく微笑む。その笑顔からご実家である公爵領のことを大事に思っているのだと伝わってきた。……同時に改めて団長が次期公爵という高貴な身分なのだと思い知らされる。

本当はこんな風に並んでお茶を飲むことなんて叶わない人なんだよなぁ……

私はカップを強く握り締めて、笑顔を作った。

「……きっと団長は、将来素晴らしい領主様になりますね」

「ありがとう……。そうありたいと思う」

それからしばらく私たちは他愛もない会話を楽しんだ。好きな食べ物やよく行くお店……尊敬する団長のプライベートな部分に触れることができて、純粋に嬉しかった。

「もうこんな時間か。すっかり話に夢中になってしまったな」

「ほんとですね。遅くまですみません。あの……日を改めましょうか？」

「いや、私は問題ないが。マリエルは大丈夫か？」

私は首を縦に振る。

「はい。明日は休みなので、夜が遅くなっても特に問題ありませんが」

すると、団長は照れたように私から目線を外した。

「そうか、じゃあ、予定通り……その、やるか？」

「は、はい。ぜひお願いします……」

私と向かい合わせに座っていた団長は席を立ち、私の隣に座った。今にも肩が触れそうな近い距離だ。私はこの間、団長から与えられた気持ち良さを思い出して、キュッと身を固くした。気をしっかり保たないと……とろけてしまいそうになるから。

「マリエル？」

「は、はい！」

「緊張しているのか？」

団長は、私の頬を指で軽く撫でた。

「そ、それはもちろん……」

「そうか、大丈夫。この前はとても上手だった。リラックスして、俺に身を任せてくれないか？」

団長は私の髪を一房、指に巻きつけて、そこに唇を落とした。上目遣いで見つめられて……私はその色気にあてられて、固まった。

「ふっ。一人じゃ難しいようだな、手伝ってやろう」

団長はどこか楽しそうに、私の腰に手を回す。指先が腰からわき腹を通り、つつつ……と背中に上がってくる。

「ふっ……、団長くすぐったいです」

「くすぐったいのは良い兆候だ。無駄な力が抜けるだろう？」

団長の指先は何度か背中を滑る。そして、指先は腰に戻ってきたと思ったら、今度は掌で腰と臀《でん》部《ぶ》を撫でている。

「だ、団長！　そこはちがいます……っ」

「違わないさ。気持ち良く揉むことが大事なんだろ。今は気持ち良くなるための準備だ」

団長は腰と臀《でん》部《ぶ》を撫でることをやめない。無意識のうちに腰が動いてしまう。私は、くすぐったさの中に確かに気持ち良さを感じていた。

身体から力が抜けて崩れそう。団長の胸に顔を埋めるようにしがみつく。

ふんわりと団長の匂いに包まれて、前回のレッスンと同じように下腹部の疼《うず》きを感じた。

「も、もう準備できましたからぁ。はやく、触って」

「本当にマリエルはおねだりが上手だな……」

そう言って、団長は私をソファに押し倒し、服の上から私の胸を触った。

「今日も何も着けないで来たのか」

「……はい。団長がすごくいいって言ってくれたから。ダ、ダメでしたか？」

「いや、やはり素晴らしい触り心地だよ」

団長は前回よりも手慣れた様子で胸を揉む。ゆっくり丁寧に、徐々に官能を引き出していく。待ちわびていた団長の手の感触に私の身体は悦《よろこ》んだ。

「あっ、んぅ。やっぱり団長のが熱くておっきくて、いいです……」

「はっ!?　まさか、他の誰かに触ってもらったのか？」

次の瞬間、団長がちょっと強めに乳首を摘んだ。

「きゃっ……ぁん！　ち、ちがうっ！　自分でも揉んでみたけど、気持ち良くなかったから、やっぱり団長の大きい手がいいなって――」

「なんだ……そういうことか。シルヴィも自分で触ったら意味ないって言ってただろ」

団長の声色が優しくなり、乳首を労《いたわ》るように撫でる。

「そ、そうですけど。団長に迷惑かけたくなかったからぁ……」

「迷惑なんかじゃない。俺に、俺だけにやらせてくれ」

コバルトブルーの瞳が私を捉え、魔法にかけられたように動けない。団長の瞳は綺麗で、まっすぐで、その奥には確かに熱情が見てとれて……それが徐々に近づいて――

え？　私……団長とキス、してる？

団長は啄《ついば》むようなキスを私に何回か贈ると、最後に私の唇をぺろっと舐めた。

「え……なんでキス……？」

「嫌か？」

「嫌じゃ……ない、です」

「マリエルをもっと気持ち良くしたい」

団長は私に覆い被さってより深い口付けをくれる。団長の舌が入ってくる。息ができない。

団長の胸のあたりを叩き、ようやく解放される。

「ぷはっ！　息が――」

「鼻で息を吸うんだ。舌は絡ませて」

団長はまた舌を挿し入れてきた。私は言われた通り、必死に舌を絡ませる。息はできるようになったけど、なんか身体が変。流れ込んでくる団長の唾液をこくん……と嚥下《えんげ》すると、それがまるで媚薬のように私を熱くさせる。

キスをしながらも、団長はいつからか胸への愛撫《あいぶ》も再開させていて、私は恥ずかしい声を上げた。

「ん……はぁ！　あっ、だんちょお……なんかおかしくなっちゃうっ！」

「マリエル、それでいいんだ。上手にできているぞ」

「ほんと……っ？」

「あぁ、本当だ。いい子だ、マリエル」

「んああっ！」

もっと……もっと、団長に触ってほしい。直接団長の熱を感じたい。団長と私を隔てるこの薄い布が邪魔だ……。気付いたら、私は口走っていた。

「だんちょ……服脱がせて？」

その瞬間、団長が目を見開く。そして、目の奥が光った気がした。

「わかった」

団長は私のシャツのボタンに手をかける。今日の私の服装は柔らかいスカイブルーのシャツと紺のスカートだ。

団長は片手で器用に上から一つ一つボタンを外していく。その間もずっと私の唇や額、頬にキスを落としながら。

「ん、はぁ……だんちょう」

「マリエル、今だけは俺のマリエルでいてくれ……」

団長のものになれたら、どんなに幸せだろう。団長が全てを奪ってくれたなら……と、ありもしないことをぼんやりと思う。

全てのボタンが外れて、私の上半身が露わになる。団長の熱い視線が私に注がれる。

「綺麗だ。……このまま全てを奪ってしまいたいほどに――」

団長はそう言って、苦しそうに笑った。なんだか団長が辛そうだと私も苦しくなる。

「……だんちょう？」

「マリエルは何も気にせず感じていてくれ」

団長は再び愛撫《あいぶ》を始めた。私は団長の与える快感にただただ喘《あえ》ぐ。

「マリエルの肌は吸い付くようだな。ずっと触っていたい」

大きくて、温かい手が私の胸を優しく揉みしだく。時々焦らすように乳首の周りをカリカリしたと思ったら、乳首を摘んだり、弾いたりする。

「胸も最高だ。感度が良くて、白くて綺麗で……真ん中の蕾《つぼみ》はピンク色でなんとも美味しそうで、感じるとツンっと主張してくる」

団長は私の胸を丁寧に愛撫《あいぶ》する。寝転んで横に流れた胸を中心に集めて、揉みしだいたり、乳首を人差し指と中指の根元で挟み、それを親指で潰《つぶ》したり、弾いたりしている。

「手足もすらっと長く、この華奢《きゃしゃ》な腰は男女問わず目を奪われる曲線だ。臀部《でんぶ》は柔らかさがありつつも、キュッと上を向いて愛らしい。きっとこちらも真っ白で、瑞々しい果実のようなのだろう」

そう言って、今度はウエストから臀部《でんぶ》を撫で回し、時折、優しく揉む。

「亜麻色のこの柔らかくサラサラとした髪はいつも風と遊び、甘い匂いを周りに振り撒《ま》く。太陽の光を浴びた髪は光り輝き、本当に美しい」

今度は私の髪の毛を優しく撫で、一房取った髪の毛をサラサラと落としていく。そして、私の頭に顔を埋め、息を吸い込んだ。

「クリクリとしたこの琥珀《こはく》色の大きな瞳には常に愛らしさが溢《あふ》れ、妖精のようだ。しかし、剣を振るう時には瞳の中に芯の強さが現れ、戦乙女となる。そして今は妖艶な光を覗かせる」

団長は私の瞼に口付けをした。

「どこを取っても、素晴らしい。マリエル、君は美しく、可愛く、妖艶で――君以上の女性に私は一生涯出会うことはないだろう」

団長は私の身体の至るところを触りながら、私を褒めてくれた。

気付けば目尻からは涙が溢《あふ》れていた。感じすぎたのかもしれないが、きっと嬉しかったんだと思う。憎からず想っていた婚約者に公衆の面前で振られ、勃《た》たないと言われ、怒りで誤魔化していたけれど、本当は傷ついていたのだろう。

けれど、今……団長が与えてくれる言葉と快感で、その傷は癒やされた気がした。たとえお世辞でもここまで肯定してくれる人がいる。その思い出があれば、前に進んでいける。

「はぁ……んっ、ありがとう、ございます……っ」

喘《あえ》ぎながらも必死に団長に感謝を伝える。

団長は微笑むと、私の脚の間に膝を割り入れた。

「じゃあ……ご褒美をもらってもいいか？」

「え？」

私が答えないうちに団長は私の乳首を口に含んだ。

「きゃっ！　ぁあぁん!!」

「本当に良い声で鳴いてくれるな……堪らない」

そう言って乳首を舐めまわしたり、吸ったり、舌でしごいたりする。今までとは比べ物にならないほどの快感が私を襲う。私の口からはもはや嬌声《きょうせい》しか出なかった。

それに加えて、団長は先程割り入れた膝を私の陰部にグリグリと押し当ててきた。完全にスカートがめくれて、下着が露わになる。

愛撫《あいぶ》ですっかり蕩《とろ》けた私は、下着を濡らしていた。ヌチュヌチュと水音が室内に響いているし、きっと団長の膝も愛液で汚してしまっているだろう。

「マリエルのいやらしい匂いがするな。いつからこんなに濡らしていたんだ？」

「あっ……はっん！　そんなの、わかんな……ぁあ！」

「俺のズボンまで濡らすとはいけない子だ」

団長はそう言って激しくキスをし、乳首をキュッと摘み、膝を強く陰部に擦り付けた。

「……ぁあああ!!」

目の前が真っ白になり、全身を今まで感じたことがない快感が走った。

熱くて、息が苦しくて、でも全身に気持ちの良い充足感が満ちる。

団長ってすごい、な……

私はそんなことを思いながら、意識を手放した。


「ん……あれ……？」

「起きたか？　今、水を持ってこよう」

私はソファの上に横たわり、団長は向かいのソファに座っていた。衣服は整っている……団長が整えてくれたんだろう、紳士だ。

「すみません……私、寝てました？」

「いや……寝てたと言うか、気を失ったんだ。多分イッたんじゃないかと、思う」

「イッた……」

団長は申し訳なさそうな顔をして、軽く頭を下げた。

「す、すまない。調子に乗りすぎた。マリエルが可愛くて、いろいろと昂《たかぶ》ってしまって――」

「い、いえ！　……お、お上手で、した。ありがとうございます」

大丈夫だとわかってほしくて感想を伝えたが、自分が乱れたことを認めているようで恥ずかしい。

「……安心した。やり過ぎて嫌われたんじゃないかと、この短い時間であれこれ考えてしまった」

団長が眉を下げて、少し笑った。

「団長を嫌うなんてあり得ません!!」

「ありがとう」

団長の笑顔は心臓に悪い。私は自分を落ち着けるために、目線を逸らし、時計を見つめて尋ねた。

「そういえば、私が気を失ってたのってどれくらいですか？」

「ほんの五分くらいだ」

団長は、時計を一瞥《いちべつ》して答える。

「それにしても、イッて気を失うなんてことあるんですね。団員達の話も聞いてましたが、彼らの妄想だと思っていました」

「本当だな」

「え、団長も初めてなんですか⁉」

思わず声が大きくなる。団長は納得のいかないような顔をしている。

「あぁ。この手のことは慣れていない」

「……団長ってその顔ですし、女性がほっとかないですよね？　てっきり経験豊富かと――」

「顔は関係ないだろう。俺は好きでもない女性をホイホイと抱いたりしない。今回、マリエルに頼まれて、少し情報収集はしたが……」

「……情報収集？」

私は首を傾げる。団長は軽く咳払いをした。

「まぁ、そんなことはどうでもいい。身体は痛くないか？」

「はい。平気です」

「そうか。でも、ソファはあまり適した場所ではないな。なぁ、指揮官室はやめて、違う場所にしないか？」

その提案により次があることを約束された私は、密かに胸を躍らせた。それでも、それが悟られないように平静を装いながら、ソファを一撫でして、柔らかさを確かめた。

「寝てしまうことなんて、ほとんどないとは思いますが、確かに賛成です。考えてみれば仕事をする場所でこんなことをするのも不謹慎ですしね」

「不謹慎というか……俺が日中仕事ができなくなりそうでな……」

団長が呟いた。

なんでだろう？　私が汚しちゃうのを気にしてるのかな？　まぁ、どっちにしろ、場所を変えるのに異論はない。

「どこか良い場所ありますか？　私は女性騎士寮だから、私の部屋は無理だし……団長はご実家の公爵家のお屋敷から通ってますよね？　あんまり帰宅されてないようですけど」

「確かに、ほとんど帰ってないな。官舎にはシャワー室も仮眠室もあるから、事足りてしまうんだ。私物はこの部屋に置いているしな。……そうだ。男性騎士寮の空き部屋なんてどうだ？」

「騎士寮の空き部屋？　そんなのあるんですか？」

「あぁ、ある。空き部屋の鍵は俺が管理している」

私は心配になって、思わず聞いた。

「……大丈夫ですか？　それ、怒られません？」

「俺が管理している騎士寮なのに誰に怒られるんだ？」

団長は悪びれもせずに言う。

「確かに」

こうして次回からの私たちのレッスン場所は、男性騎士寮となった。

ある日、私は訓練場から官舎へ行く廊下を歩きながら考えていた。

思い返せば、私は胸を大きくするという目的をほぼ忘れ、いつも快感に喘《あえ》いでいるだけだ。気持ち良くなることが大切だと副団長は言っていたので、団長はそうしてくれているのだろう。

一方の私はというと……感じすぎだと思う。次のレッスンを楽しみにしてしまうくらいに、団長のテクニックに溺れている。団長は否定していたが、若い頃に鍛えたテクニックなんだろう。じゃないと、あんなに私が乱れるはずがない。

……やっぱり団長が私を愛おしそうに優しく触ってくれるのも、テクニックの一種なのだろうか。あんな風に大切そうに触れてくるから、私はあそこまで無防備な姿を団長に見せてしまうのだ。前回なんて私のことを全身褒めてくれた。今回の婚約解消で私が傷ついていると思って、あんな言葉をかけてくれたんだろう。本当に優しい。

いつも気持ち良くしてくれて、精神面までフォローしてくれる団長にも気持ち良くなってほしい。お金や物でなにか御礼をしたいと先日のレッスン後に話したら、全力で断られてしまった。それならば、同じように気持ち良くなってもらえばいい。

私とのレッスン中に団長が処理していることはなかったが、きっと団長にも性欲はあるだろう。息遣いが激しい気がしたし、欲情している眼をしてたような気がするもの。団長の好みではないかもしれないが、きっと私にできることもあるはずだ。

私にテクニックはないが、団長に気持ち良くなってほしいという気持ちは人一倍ある。団長がしてほしいことがあれば、今までの御礼も兼ねて、積極的に挑戦していきたい。

でも、もしなにもないとか言われたら悲しい。それは私に魅力がないってことだし。この前はお世辞でたくさん褒めてくれたけど、私みたいな普通の女じゃダメかもしれない……

「うーん……考えすぎて、ちょっと良くない思考になってきたかも」

頭を抱えそうになったその時、副団長が向かい側から歩いてくるのが見えた。

「副団長、お疲れさまです！」

「あ、マリエル。お疲れ！　今日の訓練はもう終わり？」

「はい。報告書を書かなきゃいけないので、今日はこれで終わりにしようかと」

「そう。報告書って急ぎだっけ？」

「いえ、明後日までの期限なので、明日仕上げれば問題ありませんが……なにか御用ですか？」

「少しお茶でもどうかなって」

副団長は可愛く首を傾げる。

「別に構いませんけど……」

「やった♪　じゃあ、早速テラスに行こー！」

テラスにはほとんど人がいなかった。訓練終わりで利用する団員は多いが、今はランチタイムでもないし、訓練を終わりにするには時間が早すぎる。この時間のテラスは貸切状態だ。

「やっぱりこの時間のテラスは最高ね！　人がいなくて、お喋りにぴったり！」

「お喋り、ですか？」

「そうよ！　例のレッスンの件!!　二人揃って、私に全く報告してくれないんだもの！　ジルベルトなんて、『お前には関係ない』の一点張りだしさ！　ほんと頭きちゃうわー！」

副団長はテーブルをバンバンと叩いた。

「す、すみません!!　なんとなく少し気恥ずかしくて……」

「ふふっ♪　いいのよ。なんとなく上手くいってるだろうとはわかってたの。ジルベルトの調子も良さそうだし、ふとした瞬間にソファを見つめて顔緩ませてるし。ほんと、寒気がするわ」

副団長は苦そうな顔をする。私は反応に困り、ポカンとする。

「で、実際どういう状況なの？　その後どうなったのか、ずっと気になってたのよ！」

団長がソファを見つめて——って、まさかレッスンのことを思い出しているんじゃない、よね？

「あ、はい。結局、夜会の件も、胸の……件も団長にご協力いただくことにしました。夜会にはまだ時間があるので何も決めていませんが、えーと、もう一つの方は機会をいただいて——」

私は恥ずかしくない程度にかいつまんで副団長に報告をした。

「そう。がっつり揉んでもらった？」

「は、はい。結構がっつりだったと思います」

「気持ち良くしてもらった？」

「はい……それはもう。すごく」

「あら、意外」

副団長は目を丸くする。

「意外、なんですか？」

「そうよ。あの仕事人間にいつ女遊びする時間があるのよ。まぁ、良かったわ。何も知らないいんじゃないかと心配してたんだけど、それだけ愛情が深い……ってことかしらね？」

愛情？　……あぁ、団員への愛か。

「本当に団長って団員想いですよね。私も温かい言葉をかけていただきました」

「ジルベルトの株が上がったなら何より！　ただ言っておくけど、騎士団員を大事にしてるからって、ジルベルトが全員にあんなことすると思ったら大間違いだからね。それだけはわかってやりなさいよ？」

副団長は指を一本立てて、私の額を押した。何わかりきったことを副団長は言ってるのか。

「わかってますよ！　さすがに団長が男性団員の胸まで揉むとは思ってません！」

「……はぁ。この子、残念すぎるわ。ちょっとジルベルトが不憫《ふびん》になっちゃった」

副団長が頭を抱えて、ため息ついてる。

「私、なにか間違ってますか？」

「いろいろと間違ってるけど仕方ないわね。どっちにしろ私から言うのは違うから、もう何も言わないわ。困ったことがあれば相談しにきなさい」

副団長は席を立とうとする。私は慌てて、副団長の服の袖を掴《つか》んだ。

「さっそく相談してもいいですか!?」

「え、えぇ。なにかあった？」

「えっと、私、団長に気持ち良くなってほしいんです。いつも私ばっかり気持ち良くしてもらってるから……その御礼に私も団長に何かできることがないかと――」

「まぁ、ジルベルトは御礼なんて求めてないと思うけど……同じように触ってあげたら？」

副団長はとても良い笑顔で提案する。

「え、胸を？」

「んー、一番良いのは下よね」

「……下？　え、まさか男性の象徴を触れと？」

「そうよ。マリエルが胸を揉んでもらってる時、きっとジルベルトは相当辛いんじゃない？　あそこが痛いくらいだと思うわ。だから、レッスンついでに抜いてあげたらいいわよ」

副団長はなんてことはないように話す。

「男性団員が話すのを聞いたことは何度もありますが、私にできますかね？　それに、私なんかで勃《た》ちます？」

「あははっ!!　心配することないわ。というか、マリエルだからこそって感じね！　それに、やり方がわからないなら、本人に聞いたらいいわ」

私は決意と共に両手をぎゅっと握りしめた。

「わかりました。やってみます。でも……本当に勃《た》ってるか確認してからにします」

「ふふっ、いいんじゃないかしら！　じゃあ、そろそろ行くわね。付き合ってくれて、ありがと。また報告楽しみにしてる」

副団長は慌ただしく訓練場の方に駆けていった。

私はそれを見送りながら、次のレッスンへ気を引き締めるのだった。


迎えた三回目のレッスン当日。

私は男性騎士寮の裏口に来ていた。裏口はほとんど利用されないため、普段は施錠してある。団長が内側から開けてくれることになっているので、私は扉の前で待っていた。

ついでに今日は騎士服を身に着けている。男性騎士寮は女性騎士の立ち入りが禁止されているので、もし誰かに見つかっても良いように入る時は騎士服を身に着けようということになったのだ。

ついでに髪の毛もくるっと上に纏《まと》め、ウィッグを被ってきた。ぱっと見は男性騎士に見えるはず。

さすがに近くで見られたらバレる可能性も高いが、騎士寮の周りをウロウロするくらいなら大丈夫だろう。

扉がガチャっと音を立てて開いた。私の姿を見て、一瞬団長の動きが止まる。

「……っ!! マリエル……、待たせたか？」

「いえ、大丈夫です」

「そうか。早く入れ」

団長は私の腕をぐいっと掴《つか》むと、自分の方に引き寄せた。予想していなかった動きに私はバランスを崩し、そのまま団長の胸の中にぽすんっとおさまった。

「す、すみません！」

私は慌てて離れようとするが、団長は腕にグッと力を込め、離さない。

「静かに」

そう耳元で囁《ささや》かれ、身体がぞくっと反応する。

団長は裏口の鍵を閉め、私を腕の中から解放したが、手は繋《つな》いだまま歩き出した。裏口近くの階段を上がったところ、階段のすぐそばに空き部屋はあった。

部屋に入ると、団長は電気をつけ、すぐに鍵を閉める。

「もう大丈夫だ。……にしても見事な変装だな。髪の毛はどうなってるんだ？」

「これはウィッグです。中に髪の毛を入れてただ被ってるだけです。帽子みたいな気休めなので、激しい運動はできませんが、カモフラージュにはなるかと」

そう言ってウィッグを取り、頭を振って、髪の毛を下ろした。

「良かった。まさかあの綺麗な髪まで切ってしまったのかと心配した」

団長はさらりと私の髪に指を通す。褒めてもらえて……触れてもらえて、嬉しい。

「それにしても空き部屋なのに随分と綺麗ですね」

「あぁ、使っていない部屋とはいえ、放置すると埃《ほこり》が溜まるからな、定期的に掃除させている」

「そうなんですね。ついでにお隣の部屋とか大丈夫です？　……声とか——」

「いや、隣も空き部屋なんだ。下の階は物置だし、上の階は資料室だ」

確認した後に、まるで嬌声《きょうせい》を上げると宣言しているようだと気付く。

「ところで、騎士服のまま、始めるのか？」

……きた！　これは私もどうしようかと数日前から悩んでいた。今まではせめてもの礼儀かと思い、女性らしい服を着ていくようにしていた。だが、今回騎士服を着て会いにいくことになったので、困ってしまった。

そんな時、副団長から「レッスンの時に着ること！」とメッセージ付きのプレゼントを今朝貰ったのだ。日中忙しくて中身は確認できなかったが、結局何を着たらいいかわからなかった私はそれを持ってきていた。それを団長に説明すると、眉を顰《ひそ》めた。

「……シルヴィから？　……嫌な予感しかしないな」

「そうですか？　とりあえず開けてみましょう！」

私は可愛い包み紙を開いた。そして、私たちは中身を見て、固まった。

そこには、スケスケの夜着が入っていた。

「……これは、すごいですね」

「……そ、そうだな。くそっ！　シルヴィのやつ……何を考えてるんだ⁉」

団長は額に手をやり、夜着から目を逸らす。

「えーと……まぁ、きっと副団長なりのお考えがあってのことだとは思いますが――」

「無理するな」

私は夜着を取り出して、全体を見てみた。確かにスケスケだけど、可愛い。

「でも、もしこれを着なかったとして……騎士服だとやりにくくありませんか？　生地が硬いし、脱ぎにくいし、あんまりレッスンには向きませんよ」

「それもそうだが……」

「第一、この前のレッスンの時にかなり私の身体見えちゃってましたよね？」

「……そう、だったか？」

「じゃあ、やっぱりこれ着ましょうか」

団長はすごい勢いで私に視線を戻した。

「き、着るのか⁉　……い、いいのか？」

私は頷く。

「はい。可愛いデザインですし。こういうのを着たことがないので、少し興味もあります。団長がお嫌でなければ着ようかと」

「……俺が嫌なわけではない。ただマリエルが嫌だろうと――」

「団長。この夜着を私が着たら、嬉しいか嬉しくないかで言ったらどっちですか？」

団長は目を泳がせてため息を吐いた後、観念したように口を開いた。

「嬉しい……」

私のような身体でも団長に求めてもらえたことが嬉しい。

「じゃあ、着ます！　貧相な身体ですが、どうせなら団長にも楽しんでほしいので！」

そう意気込みながら、私は両手で夜着を抱いた。

「……あ、ありがとう」

「じゃあ、私さっそく着替えますね」

「は？　ここで着替えるのか？」

団長の動きが止まる。

「当たり前じゃないですか。ここ以外のどこで着替えるっていうんです？」

私が首を傾げると、団長はそわそわと落ち着きがなくなる。

「そ、そうだな」

「では、団長は後ろを向いて、そこにある椅子に座っていてください。さすがに直接着替えているところを見られるのは恥ずかしいので」

団長は私に背を向け、椅子に座った。

私は一枚一枚、服を脱いでいく。静かな部屋に服を脱ぎ落とす音が響いた。団長は微動だにしないが、この音を聞かれていると思うと、なんだか落ち着かない。

薄い生地を破らないように夜着を丁寧に着ていく。

夜着は綺麗なライトブルーで、真ん中に細い白いリボンが付いている。乳房の部分は生地で隠れてはいるが、薄いレースなので、形や乳首の位置は丸わかりだ。それにリボンを取れば、すぐに胸が露わになってしまう。

着たは良いものの予想以上の卑猥さに心が折れそうになる。

「だ、団長。着ました。……でもっ！　あの、まだこちらは見ないでください」

「わかったが……なにかあったのか？」

「いや……ただ心の準備ができてなくて。あの、着ると言ったくせに情けないんですが、電気を消してもいいですか……？」

少し声が小さくなる。団長はもう落ち着きを取り戻して、いつもの様子だ。

「それは構わない。電気は消して、こちらのランプだけつけておくか？」

「そうですね。じゃあ、ランプつけてもらえます？　電気、消しますから」

「わかった」

私が電気を消すと、部屋はランプの灯だけになり、少し団長の背中の輪郭がぼやける。……これなら夜着を見られても、大丈夫かな。

「ど、どうぞ」

団長がこちらを向く。上から下までゆっくり私を見つめる。……そして、妖《あや》しく笑った。

「美しいな。まるで夜の妖精のようだ」

「あ、ありがとうございます」

団長はなおもじっと私を見つめている。

なんだか団長の目線だけでお腹の奥がキュンとなり、思わず膝を擦り合わせてしまう。

「ふっ。本当にマリエルは可愛いな。見られただけで感じているのか？」

「そ、そんなことないです！　ちょっと恥ずかしいだけで……！」

団長がくくっと笑う声が響く。

「そうか？　私には可愛く立ち上がる二つの蕾《つぼみ》が見えるぞ。もじもじと擦り合わせているその奥からマリエルのいやらしい匂いもしてきた。そのうち音まで聞こえてきそうだ」

「そ、そんな恥ずかしいこと言わないで……暗くしたんだから、見えるなんて嘘です、よね？」

「いや、これだけ光があれば、十分だ。マリエルの恥じらう顔も、可愛い蕾《つぼみ》も、滑らかな肌も、全て見えている」

団長は一歩一歩ゆっくりと近づいてきた。そして、私をぎゅっと抱きしめ、囁《ささや》いた。

「……レッスンを始める」

私を抱きしめた団長は、ゆっくりと私の身体を撫で回す。背中から腰、そして臀部《でんぶ》へ……感触をしっかり味わうように団長の手は動いていく。

私の首筋は団長の舌に下からつぅーっと軽く、舐められる。そのまま、私の耳まで到達すると、今度は耳をくちゃくちゃと舐める。

「あっ、団長くすぐったい！」

「この間、くすぐったいのはいいことだと教えたろう？　そのまま、マリエルは感じていろ」

団長は私の首筋や耳を舐め、時折額や頬、瞼に唇を落とす。身体中を優しく撫でる団長の手によって気持ち良くなっていくが、刺激が足りない。

私は思わず団長に身体を押し付けた。団長はシャツを一枚着ているだけだ。シャツ越しに団長の体温を感じて、嬉しくなる。団長の逞しい筋肉に乳首が擦れて、気持ちいい……

その時、私はちょうどお腹のあたりに違和感を覚えた。なにか硬いものがある？

下に目を向けると、ズボンの股のあたりがピーンと張り詰めていた。これは――！

固まってしまった私を見て、団長は笑った。

「そんなに見るな。マリエルは気にしなくていい」

団長は私の顎を持って、クイっと上に向けると、優しく深いキスをくれた。団長の舌が入ってきて、私の口内を蹂躙《じゅうりん》する。どちらの物かわからない唾液が唇から溢《あふ》れていく。

キスをしながら、団長は右手を私の胸に添え、優しく揉んだ。乳首も時々掠《かす》めるように触っていくが、物足りない。

「はぁっ！　だんちょう。もっと、さわってほしい……！」

「安心しろ。思いきり可愛がってやるから」

団長は私の乳首をきゅっとつねった。

「はぁあん！」

「感じすぎだ」

団長はそう言って、ニヤリと笑った。そして、後ろにあったベッドに私を横たわらせると、私に覆い被さるようにして、ベッドに乗った。

「ここからが本番だからな」

私の夜着の前のリボンが解かれる。

団長がゆっくり前を開いた。

「美味しそうな果実だ」

両手で胸を揉みしだかれる。先ほどよりも強く揉まれるが、それすらも快感になる。いろんな方向から揉まれ、私の胸は団長の思うままに形を変えた。人差し指で強く乳首を弾かれる。

「はぁ、いぃよぉ！」

団長はパクリと私の左乳首を口に含むと、チロチロと舐める。優しい感触に身を委ねたと思ったら、次の瞬間には甘噛みされる。

右乳首も舐めて、齧《かじ》られる。団長の手は休むことなく、私の胸を揉み、時折臀部《でんぶ》や腰をいやらしく撫でていく。ふとした瞬間に激しいキスが降ってくる。私は団長の舌と指に翻弄された。

私の胸に顔を埋めた団長は、胸の谷間に舌を這わせ、私の汗を舐めた。

「いやぁ！　そんなところ、舐めないでぇ。きたないからぁ！」

「マリエルに汚いところなんてない。唾液も汗も甘い……きっと愛液も」

そう言って、団長は私のパンティの横紐を解く。

「あっ……！」

思わず私がパンティを押さえると、団長は熱を孕《はら》んだ瞳で私を見つめて、優しく言った。

「気持ち良くする……全部俺に預けろ」

団長は私の手を優しく掴《つか》んだ。私はほとんど抵抗することなく、団長に従って手を脇にどかした。

「いい子だ……」

団長の指が私の割れ目へ添えられる。くちゅり……と水音がやけに部屋に響く。

「よく濡れている」

恥ずかしい……なのに、濡れてると言われて、私はまた蜜を溢《あふ》れさせた。

団長は愛液をすくうように割れ目に指を沿わせると、そのまま指をその整った薄い唇へ運んだ。

「やはり甘い。この甘露は誰にも味わわせたくないな」

団長は私の顔を見ながら唇を舐め、目を細めた。

わざわざ愛液を舐めるなんてあり得ないと思うのに、その姿にまた愛液が溢《あふ》れるのを感じた。

再び割れ目に指を添えた団長は、ゆっくりと優しく入口を擦る。

「はぁ……んあぁ！」

「こっちもぷっくりとしてきた……可愛いな」

そう言って、今度は陰核をカリカリと引っ掻く。

「あぁ‼」

お腹の奥がキュンキュンして、団長の指を奥へ咥《くわ》えようと私の孔《あな》は動く。もう奥を擦ってほしくて堪らない。

「だんちょうっ！　おくに、ほしぃよぉ！」

「そうだな。マリエル。入口がヒクヒクして、俺の指を誘っている」

「その、ままっ……入れてぇ……」

「辛いか……？　イキたいか？」

「うん！　イキたいの……っ！」

「……じゃあ、今日はこっちでイこうな」

団長は私の陰核に強弱をつけながら刺激を与えていく。全身が気持ち良さでいっぱいになっていく。最後にキュッと陰核を摘まれると、目の前が真っ白になり、身体の中で快感が弾けた。

「あああっ‼」


……すごい疲れた、けど、気持ち良かった。身体がふわふわして、このまま寝てしまいたい。

肩で息をする私の頭を団長は優しく撫でてくれる。気持ちいい……

「マリエル、よくできていた。頑張ったな」

「だん、ちょう……」

やっぱり団長は少し苦しそうに見える。それをなんとかしたくて、私は団長に身を寄せた。

「マリエル……っ！」

団長の焦った声が聞こえたと思ったら、私のお腹に先ほども同じ感触があった。私は少し落ち着いてきた身体と頭で考えた。

「だんちょう……これ、勃《た》ってる、の？」

「あー、そう、だな……」

「わたし、で？」

「……あぁ」

「……うれしい」

私は団長のズボンに手を伸ばす。

「……っ！　マリエル、そんなことはしなくていい!!」

「いやっ！　私も団長を気持ち良くしたいの」

「気持ちは嬉しいが、無理はするな」

「無理なんてしてないのに……私じゃダメ？」

そう言って、潤む瞳で団長を見上げる。音を立てて、団長の喉仏が上下した。

「ダメなはずない。マリエルのせいで、さっきから痛いくらいなんだ。お願いできるか？」

私たちは起き上がり、向かい合わせに座った。

団長はベルトを外し、前をくつろげた。初めて見る陰茎は、お腹につきそうなくらいそそり立ち、太くて、長かった。他の人のを見たことがないので比較なんてできないが、私の想像よりもずっと大きかった。ビクビクして、なんだか生き物みたい……

赤黒くて、綺麗なわけではなかったが、団長のだと思えば、それも愛おしく感じた。

そっと陰茎に触れ、サワサワと撫でる。団長がくっ……とか、ふっ……とか言ってる。

……ちょっとつらそう？

「ど、どうですか？」

「すまないが……もっと強くしてくれるか？」

「え？　あ、だって、痛くないんですか？」

「優しく触られるほうがつらい……」

「す、すみません。慣れてなくて……」

「そんなの慣れてなくていい。マリエルにとっての初めてだと実感できるからな」

団長は私の頬に手を伸ばし、微笑む。目の下がほんのり赤くなって、色っぽい。

「あの、団長が教えてくれますか？」

「では……もう少し強く握って、上下に手を動かしてくれるか？」

「わ、わかりました！」

私は言われた通り、握る力を強くして、手を上下に動かした。団長の息遣いが荒くなっていく。

チラッと覗き見れば、顔を上気させて、団長は感じていた。

「……いいですか？」

「あぁ、最高だ。マリエルの柔らかな手も……この眺めも」

「あっ」

私の夜着は先ほどのままだ。前のリボンは解けたままだし、下も穿いてない。団長を気持ち良くさせることに必死で、気にするのを忘れていた。

正直隠したかったが、団長のモノを擦るこの手を止めて良いものかわからず、顔を背けるしかできなかった。

「あんまり……見ないで」

「はっ、それは無理な相談だな。マリエルが綺麗で可愛いのがいけない」

団長に褒められて嬉しくなった私は、より熱心に団長の陰茎を擦り上げる。

「そろそろやばい……っ」

「イ、イけそうですか？」

団長は突然私の手に自分の手を被せると、ギュッと握り、より強く速く擦った。陰茎が熱いからか、団長の手が熱いからか、擦りすぎなのかわからないが、火傷しそうに手が熱い。

「……っう！　マリエルっ!!」

びゅっと白いものが出てきたと思ったら、身体に熱さを感じる。気付くと私の胸には真っ白な団長の精液がかけられていた。思わず固まる私。

「す、すまないっ!!」

団長は大慌てで、枕元に置いてあったタオルで私の胸を拭こうとする。呆然としてしまったが、焦る団長を見たらなんだかおかしくなってきてしまった。

「……ふふっ」

「マリエル？」

下を向いて肩を震わせて笑う私を団長は訝《いぶか》しげに見ている。でも、笑いが止まらない。

「一体どうしたんだ？　マリエル……？」

「いえ、すみません。あんなに団長が焦るから、なんだかおかしくって。大丈夫ですよ。団長のだし、かかってもそんなに嫌じゃありませんでした」

「……嫌じゃなかったのか？」

「はい。団長に気持ち良くなってもらえた証拠みたいで嬉しかったです！　……えと、気持ち良かった、ですよね？」

「あぁ、素晴らしい時間だった」

団長がすっきりした顔で微笑む。成功したみたいだ。

「……私もです。あ、あのもし団長がお嫌でなければ、これからは胸を揉むだけじゃなくて、団長を気持ち良くする方法も教えてくれませんか？」

「は？　俺を気持ち良くする方法？」

「そうです。えと……団長に気持ち良く胸を揉んでもらってる御礼で、みたいな？」

団長は顔を顰《しか》め、腑に落ちてないようだった。じゃあ――

「あー、えっと、可能性は極めて低いですが、私も将来どなたかと結婚することになった時に殿方を喜ばせるテクニックがあったらいいなぁ、と思って！」

団長の眉間の皺《しわ》がますます深くなり、訓練の時のような鋭い眼光が私に向けられた。

……え？　まさか怒ってる⁉

「わかった。では、次回からは俺を気持ち良くする方法も教えてやろう。しっかりついてこいよ？」

怒ってるのに受け入れてくれた？　よくわからないが良しとしよう。

「はい！　ありがとうございます！　これからもよろしくお願いします‼」

こうして三回目のレッスンは終了した。

第二章　騎士として

私たちはその後も何度か男性騎士寮の空き部屋でレッスンを行った。

毎回私が夜着に着替えるところからレッスンは始まる。その後、団長が私を触ったり、私が団長を触ったりして、二人とも気持ち良くなる。そして、私はここ最近で気付いたことがあった。

私は団長に恋をしているかもしれないということだ。

今まで恋というものが理解できなかった。婚約者がいたこともあり、結局好きになってもその人とは結ばれないのだから、好きにならないほうがいいとさえ思っていた。

私にも憧れの人はいた。団長とか、子供の頃に出会った騎士様とか。だけど、それはあくまでも憧れであり、尊敬の念に似たもので、恋とは違った。

周りの話では、恋をすると、姿を見かけただけでドキドキしたり、その人のためになにかしてあげたいと思ったり、ふとした瞬間にその人のことばかり思い出してしまうと聞いた。それを聞いた時は、やはり恋なんて面倒なだけだと思った。

しかし、私はそれを今、経験している。

団長を見かけるとドキドキするし、喜んでもらえることならなんだってしたいと思う。ふとした瞬間、私とのレッスン時にだけ見せる可愛い表情や優しい笑顔、色っぽい声や熱を孕《はら》んだ瞳、私を狂わせる太い指や熱い舌を思い出してはそわそわしたり、お腹の奥がキュンッとなったりする。……本当に面倒だ。

だけど……いいこともたくさんあった。今日は会えるかな……レッスンに誘われるかな……と考えると毎日が楽しくなったし、団長に頼れる団員だと思われたいから訓練や業務にも力が入る。団長に可愛く見られたいから身だしなみにも気を付けるようになったし、レッスンのために髪や肌の手入れをしっかりとやるようになった。団長は忙しいからいつ会えるかわからないけれど、毎日そういうことに気を遣うのも苦ではなかった。

その成果なのか、同僚の女性騎士に綺麗になったとか、色っぽくなったとか褒められた。団長もそう思ってくれたらいいいな……

同僚のみんなは元婚約者への当てつけで女磨きをしていると思っている。……当たらずとも遠からずだが、本当のことは口が裂けても言えない。レッスンやその一連のことに関しては団長と副団長と私だけの秘密だ。……それも夜会が来たら終わるけれど。

私が団長を好きだとしても、想いを告げるつもりはない。団長はあくまで親切心で私に協力してくれていることは重々承知している。容姿も身分も……何もかも釣り合っていない私が団長に好いてもらえるなんて、さすがにそんなにおめでたい思考はしていない。

だけど、夜会までは夢を見させてもらおう。この先、結婚するのは厳しいだろうし、団長とのこの半年間の思い出を胸に生きていけるだけ幸せだ……。

私は自分の剣を丁寧に手入れしながら、そんなことを考えていた。

その時、いつになく真剣な表情の副団長が私を含めた数名の騎士を呼んだ。

「緊急の案件よ。メデトー子爵夫妻が突然死したわ。死因は今のところ不明。すでに騎士団からはジルベルトを含めた数名が向かっているから、貴方達は屋敷の警護にあたって。焦った使用人が屋敷外で騒いだらしくて、屋敷の周りには人が集まってしまっているの。不審な人物を見つけたら、二人一組で行動して。一人での深追いは絶対にしないこと。人が死んでる。気を引き締めて、業務にあたりなさい。以上」

メデトー子爵家といえば、元婚約者のルブルス様の遠縁だ。私も一度だけお会いしたことがある。ただ一言ご挨拶をしただけだが。メデトー子爵はどことなくルブルス様に似た美男で、子爵夫人はちょっと派手目の美女だった。

確かまだ三十代ではなかっただろうか。まさかこんな若くして亡くなってしまうなんて。

子爵家に到着すると、副団長が話していた通り、屋敷前に人が押しかけていた。

私は指示を受け、屋敷の西門付近を警護することになった。西門付近はあまり人が集まっておらず、他の場所に比べると静かだ。特に怪しい動きをしている者もいない。今日は同期のカイと一緒に警備だ。カイとはよく打ち合いをしたり、遊びにいったりもする。ノリは軽いが、根はいいやつだ。……だが、今日のカイは欠伸《あくび》をして、やる気がなさそうだった。

「ちょっとカイ！　副団長も気を引き締めるようにって言ってたでしょ！　欠伸《あくび》なんてしてて！」

「あ？　悪い悪い。昨日、あんまり寝てなくてさぁ。女の子と食事にいくって言ってただろ？」

「あぁ、言ってたわね、そんなこと。それと寝てないのと、なんの関係があるのよ？」

カイは私の顔を見て、フッと馬鹿にした笑みを浮かべた。

「これだからお子ちゃまマリエルは……大体想像つくだろ？」

「はぁ？　何よ！　馬鹿にして！」

「まぁ、マリエルには刺激の強い話だよ。夜が少しばかり盛り上がりすぎてな。あー、思い出しただけで勃《た》ちそう。ミリィちゃん、最高だったー」

「……マリエル」

その時、屋敷内の木に止まっていた鳥が数羽飛び立った。流れる空気がピリッと締まる。

「わかってる」

鬱蒼《うっそう》と茂った木々の陰、よく見ると、黒い服で身を包んだ小柄な人影が潜んでいる。

「……屋敷の二階窓からあの木に飛び移ったみたいだな。おそらくあっちも俺らの存在に気付いてる。下手に動くんじゃないぞ」

しばらく睨み合いが続く。

その時、緊張した空気の中に突然無邪気な声が響いた。

「わぁ、騎士様だー！」

女の子がカイに向かって駆けてくる。

「来るな!!」

次の瞬間、黒い人影はその女の子に向かって、ナイフを投げた。咄嗟《とっさ》にカイは女の子を庇《かば》う。

「ぐあぁ……っ!!」

「カイっ!!」

カイは肩にナイフを受けた。女の子はわけがわからず、泣き出す。

何事かと他の騎士が奥から駆けてくる。その間も黒い人影は木を飛び移り、逃げていく。

逃がすもんか……!!　私は黒い人影を追って走り出した。

「くっ！　マリエル、一人で深追いするな……！」

背後でカイの声が聞こえたが、無視して走り出す。

あいつは私たちが女の子を庇《かば》うことを見越して、そっちにナイフを投げた。カイが庇《かば》うのが遅れたら、女の子は胸にナイフを受けて、死んでいたかもしれない。幼い命を軽々と犠牲にしようとしたことに言いようもない怒りが湧き上がってくる。

犯人は木や家の屋根を伝いながら猿のように逃げていく。なかなか距離が縮まらない。

その時、行きつけの武器屋が目に入った。あそこなら……！

私は店頭に置いてある弓矢を掴《つか》み、店内に向かって叫んだ。

「おじさん！　これ、借りる!!」

店主のおじさんの返事も待たず、私は近くに立てかけてあった梯子《はしご》を登って、店の屋根に出る。

ここなら見える。しかも、今日はほとんど風がない。

私は弓を構え、走り去ろうとする犯人に照準を合わせて迷いなく射った。矢は風を切り裂いて真っ直ぐ飛び、犯人の腰に刺さる。

よしっ!!

犯人はまだ逃げようとするが、先ほどのようなスピードはない。動きが遅くなった今なら捕まえられる。私は屋根の上を走り、犯人の背後まで迫った。私が真後ろまで来ていることに気付き、犯人は足を止めた。私は背後から首筋に剣を向け、声を掛ける。

「お前を重要参考人として捕縛する」

犯人はがっくりと上半身を倒し、諦めたようだった。

が、次の瞬間、目の前でなにか光ったと思ったら頬に微かな痛みが走り、髪がパラパラと落ちた。

奴は足を後ろに蹴り上げ、靴に仕込んだ刃で私を害そうとしたようだった。奴はそのまま体勢を整えると再び逃げようとした。

「待てっ！」と、叫ぼうとしたところでぐわんと視界が回る。身体が動かない。

やばい……これ、麻痺《まひ》毒だ……

屋根から転がり落ちる……と思った。回転する街の景色がスローモーションで見える。

屋根の端まで来て、ヒュッと身体が一気に落ちる。どこか冷静な頭で次に来る衝撃に備えた私にもたらされたのは、力強い腕の感触と嗅ぎ慣れた匂いだった。

「……マリエル！」

夢なのか現実なのかわからないまま、団長の声に安心した私はそのまま意識を失った。


目が覚めると、真っ白なカーテンに囲まれたベッドの上にいた。

「あれ……私……」

顔を触ろうとすると、少し腕が動かしづらかった。動けないわけではないが、違和感がある。

今は明るいから、昨日の昼から今日の朝まで眠っていたんだろう。解毒薬を投与してもらっても、効くには時間がかかると聞いたことがある。でも、今回使われたのが麻痺《まひ》毒でまだ良かった。解毒してもらった今、残るのはほんの小さな頬の傷のみだ。

「あのー……すみませーん……」

きっとここは医務室だ。医務官がいるのかわからなかったが、外に声をかけてみる。すると、カーテンが開かれ、医務官長のパデル爺が顔を出した。

「お、マリエル。気が付いたか」

「はい。ご迷惑をお掛けしてすみません」

私はなんとか上半身を起こす。

「まだ無理をするなよ。麻痺《まひ》毒が体内に少量残っておる。まぁ、じきに抜けるとは思うが。頬の傷もほんのかすり傷じゃ。傷跡は残らない。もちろんしばらくはここで休養してもらうがの」

「ありがとうございます。あの……カイは大丈夫でしたか？」

「あぁ、ピンピンしとるわい。さすがにすぐに剣を持つことはできんじゃろうが、あれくらいならすぐに回復するじゃろう」

「良かった……」

カイが騎士を辞めることになったら、目をキラキラさせて憧れの騎士様に近寄ってきたあの少女も浮かばれない。

「では、わしは姫の目覚めをナイトに知らせてくるかの」

「ナイト？」

「あぁ、お主をここまで運んでくれたナイトじゃよ。……くくく、あやつのあんな必死の形相が生きてるうちに見られるとは思わなんだ。貴重なものを見せてもらったわい」

そんなことを呟きながら、パデル爺は部屋を出ていってしまった。ナイトって誰？

もしかして団長かも……と思ったが、団長はあの子爵邸の事件の責任者だ。あんな状況で私を医務室に送り届けるはずがない。それに屋根から落ちた時に受け止めてくれたのも、混乱してた私が見た願望であって、実際は他の騎士かもしれない。団長があんなところにいるはずないもの。

パデル爺の考えていることはわからないが、姫とナイトだなんてロマンチックにたとえるのはやめてほしい。私は騎士であり、守られる存在ではないのだから。

それにしても、失敗してしまった。団長にも副団長にも合わせる顔がない。十分に捕縛できるところまで追い詰めたのに、最後に相手が諦めたと油断したせいで、こんなことになってしまった。全ては私の気の緩みが原因だ。お叱りは十分に受けるつもりだが、団長にがっかりされるのが、今は一番辛い。

万が一、もう騎士団にはいらないとか言われたらどうしよう。そうしたら、もう団長に会えなくなっちゃう。団員でなくなれば、レッスンも夜会も協力する理由がなくなる。そう考えたら、たちまち胸が苦しくなる。鼻がツンとして、瞳が潤む。

こんなことで泣きそうになるなんて、私、どうかしてる。どちらにしろレッスンも夜会も終われば、今までと同じ関係に戻るのに。ほとんど話すことはなく、全く触れ合えない関係に――

その時、医務室の扉が乱暴に開き、ベッドのカーテンが勢いよく開けられた。そこにいたのは少し疲れた顔の団長だった。

「マリエル……っ！　……良かった。目を覚まして……」

団長は私の存在を確かめるようにギュッと痛いくらいに抱きしめた。レッスンでもないのに、こんなところで私を抱きしめるなんて……。これは夢？　どこから夢なのかもはやわからないが、嬉しかったので、私も団長を抱きしめ返す。団長の身体は熱くて、これが夢じゃないと私に教えてくれた。

「パデルからは大丈夫だと言われていたが、このまま目を覚まさなかったら、どうしようかと思った。心配でおかしくなりそうだった」

「ご心配かけてすみません。でも、たった一晩起きなかっただけで心配し過ぎですよ。私からしたら、ちょっとよく寝たな、くらいです」

「一晩？　パデルから聞いてないのか？　三日も目を覚まさなかったんだぞ」

「……え？　三日？」

「あぁ、俺がここに運び込んだのが、三日前の夕方だ」

そんなに寝ていたなんて信じられない。身体にも少し違和感があるくらいで、特に不調も感じられないのに。それに団長が運び込んだことにも驚きだ。

ふと、自分の失態を思い出して、どんどん冷や汗が出てくる。命令を無視して一人で深追いし、容疑者を取り逃がしたこと、三日も寝てしまったこと、責任者の団長に運んでもらったこと……一刻も早く謝罪しなければ、と思った。

「も、申し訳ありません。……あぁ、もうなにから謝罪したらいいのか。あの、もしかして屋根から落ちた時に受け止めてくれたのも団長ですか？」

「あぁ」

失態が増えた。まずい。私はスッと団長から離れて、深く深く頭を下げた。

「本当に申し訳ありませんでした！」

団長からは何も声が掛からない。

チラッと目線を上げて、団長の顔を盗み見ると、どこか困ったような顔をしている。

「……団長？」

「……マリエル。俺はそんな言葉がほしいんじゃない。なにか言うことあるだろ？　助けてもらったら、なんて言うんだ？」

「……ありがとう……ございました？」

「そうだな。あんまり気持ちがこもってない気がするが」

私はしっかり背筋を伸ばして、団長の瞳を見つめて、言った。

「ありがとうございました！」

「あぁ。無事で良かった」

団長はそう言って、微笑んでくれた。……あぁ、やっぱりこの笑顔が好き。

その後、団長は一つ咳払いをすると、照れたように口を開く。

「御礼ついでに『好き』くらい言ってくれてもいいんだぞ。……なんて、じょうだん――」

私は団長の指先をちょこんと掴《つか》んだ。

「団長……好き、です。助けてくれてありがとうございます」

「……っ！　あぁ……」

そのままどちらからともなく見つめ合った私たちは、互いに引き寄せられるようにそのまま口付けを交わした。団長の舌が入ってきて、少し渇いた私の口内を潤していく。団長の唾液が流し込まれれば、私はそれをコクリと呑み込む。レッスンを思い出して、私の身体は疼《うず》いた。

「冗談でも、その一言の威力は抜群だな」

昼が離れると団長は寂しそうに微笑んだ。冗談なんかじゃなく本当に好きなんだ、と伝えたかったけれど、それを口にすれば団長の迷惑になる……と私は、瞳をじっと見つめるだけだった。

「だんちょう……」

「そんな顔で誘わないでくれ……止められなくなる。ここは医務室だぞ？」

私は最後の一言で我に返った。

「す、すみませんっ……！　あの、気持ち良くて……つい」

「……ふふっ。本当に可愛い奴だ」

団長は笑って、私の傷ついた頬をさらりと撫でる。すると、その顔に悔しさを滲ませた。

「だからこそ、この傷を付けた奴が許せないな」

「私が気を緩めたせいです。もう少しで捕縛できたのに……」

「あまり気にするな。報告はあとでシルヴィと聞きにくる。俺は一旦会議に戻る」

「え？　会議中だったんですか!?　早く戻ってください！」

「いいんだ。元々マリエルのことが気になって、会議どころではなかった。シルヴィにもさっさと会いに行けと言われた」

「そ、そうなんですか？」

「あぁ。でも、さすがにまずいな。会議と仕事を終わらせてくる。休んで待ってろ。また後で来る」

団長は私の額に口付けると、そのままベッドに押し倒し、丁寧に布団を掛けた。

「もう寝ろ」

団長の大きい手が私の頭から額を撫でる。

何度か撫でてもらっているうちに私は気持ち良くなって、眠ってしまった。


結局、次に団長に会えたのは翌日の昼だった。今度は副団長も一緒だ。

「マリエル。本当に目を覚ましてよかったわ！」

「ありがとうございます……！」

副団長の優しさに泣きそうになる。

「とは言っても、一人で深追いするなって命令を無視したことに関してはしっかり反省してもらうわ。あとで、反省文上げてもらうからね！」

あっという間に涙が引っ込んだ。

「では、マリエル、あの日の出来事を教えてくれるか？」

私はあの日のことを思い出し、犯人を追った状況を話した。二人は神妙な面持ちで話を聞く。

「……そいつが怪しいことは確かなんだが、子爵夫妻を殺した犯人ではなさそうなんだ」

「どういうことですか？」

副団長が口を開く。

「外傷や毒物の反応がどこにもないのよ。それに使用人の話では二人は突然苦しみ出して、亡くなる直前に黒い煙のようなものを吐いたって言うの」

「黒い煙？」

「えぇ。呪いを受けた者は解呪《かいじゅ》の時に黒い煙を吐く。おそらく子爵夫妻は呪いをかけられていた。それを知っていた使用人の一人が呪いに怯《おび》えて、騒いだらしいの。恐れて子爵邸から逃げ出す使用人もいて、あんな大騒ぎになっちゃったってわけ」

「呪い……でも、呪いをかけることができるのは――」

「そう。魔女よ。これが本当なら一大事。魔獣がもう誕生しているかもしれない。それは北の大地にあるラボラ城に住む魔女だ。

我が国には、唯一人、呪いや魔法といった類を使える者がいる。それは北の大地にあるラボラ城に住む魔女だ。

魔女は国難に瀕した時には王家の命に従うという契約の下、国に住処が保障されている。魔女に依頼ができるのは王家のみであり、個人が魔女と契約することは強く禁じられ、重罪だ。

何故ならば魔女が力を使うと魔力に反応した動物たちが魔獣化してしまうからだ。そのため、王家が魔女になにか依頼する際には、事前に魔獣対策を行う。

でも、今回はもちろん王家からの依頼ではない。騎士団に魔獣討伐の命も下されていない。そうなると、個人で魔女に依頼した者がいるはずだ。国民に禁じているとはいえ、魔女は依頼する者がいて、十分な報酬を用意されれば、依頼を受ける。魔女自身にはこちらの法は適用されない、自由な存在なのだ。

「すでに北の大地に先遣隊が行っている。魔獣の出現状況によっては、今後遠征することになる」

「とりあえずマリエルはもう少し休んでて大丈夫だけどね。あと、さっきパデル爺と話してきたんだけど、今日から部屋移動ね。女性だし、鍵付きの個室に移動するわ」

「え、いいんですか？　個室なんて」

「いいのよ。空いてるんだし」

「ありがとうございます！」

「あと、これ、あげる」

見覚えのあるこの小さな包み。

「副団長……これ、もしかして……」

「うん、レッスン着♪　新しいの調達したの！」

「シルヴィ!!」

「さぁー。仕事仕事っと」

副団長はさっさと部屋を出ていく。団長は去り際に私の額にキスをした。そして、耳元で囁《ささや》く。

「夜、会いにいく。待ってろ」

団長が小走りで部屋を出ていく。私は熱くなった顔を両手で覆い、ベッドの上でうずくまった。

その後、私は鍵付き個室に移動し、部屋の豪華さに唖然とした。ベッドは三人でも寝られそうなほど広く、バスルームまで付いている。もうすっかり元気なのにこんなところに泊まらせてもらうなんて、申し訳ない。まぁ……でも、あと二日したら騎士団に復帰だし、それまでは贅沢させてもらうか。

私はバタンっとふかふかのベッドに倒れて、その柔らかさを堪能してるうちに、いつのまにか寝入ってしまった。


次に目覚めた時、何故か私はベッドの中に入り、しっかりと布団を被っていた。

「ふわぁ……あれ？　だ、団長⁉」

団長はベッドに腰掛けて、私を見つめて、笑っていた。

「な、なんでここに⁉　見ないでください！」

「今さらだな。ずっと可愛い寝顔を見てた」

「ひどいっ！　私の許可もなく！」

「夜に会いにいくと言っただろう？　なのに、マリエルは部屋に鍵もかけず、ベッドで布団もかけず、大の字で寝ていた。病み上がりでまた調子が悪くなるといけないと思ってベッドの中に移動させた。……で、ひどいのは誰だって？」

「す、すみません。起こしてくれたら、自分でベッドに入ったのに」

「いいんだ、俺がやりたかっただけだから」

団長は微笑みながら、また私の頭を撫でた。

……私も頭を撫でられるのは好きだが、団長も頭を撫でるのが好きだと思う。よく可愛いと言ってくれるし、もしかしたらペットかなにかだと思われてるのかもしれない。

「マリエル、体調は本当に大丈夫か？　無理してないか？」

「はい！　もうピンピンしてます！　これから任務にだって就けそうです！」

「まったく……あんなに静かに眠っていたのが嘘みたいだな」

「……もしかして、私が起きなかった三日間も寝顔見てました？」

「当たり前だろう。……その綺麗な琥珀色の瞳が再び俺を見つめてくれるのを、毎日祈っていた」

そう言って団長は私の目尻にキスを落とした。

「本当に目覚めて良かった……」

「団長……」

「なぁ、マリエル……触れてもいいか？」

こくんと頷きそうになったが、身体を清めていないことを思い出す。

「あ、あの……シャワーを浴びていなくて……」

「そんなのいい」

「いや、団長が気にしなくても私が気になります！　このままは絶対に嫌です」

団長があからさまにしょんぼりする。その姿が可愛くて、気付けば私は団長に声を掛けていた。

「あの……お風呂、一緒に入ります？」

「いいのかっ!?」

「……はい。よく考えたら、もう全身見られてますしね。そ、それに、私一人のためにお湯を張るのももったいないかなって――」

「そうか、よし！　じゃあ、早速風呂の準備をしてこよう！　待ってろ!!」

団長は立ち上がり、意気揚々とお風呂場に向かった。私は楽しそうなその背中を見ながら、また笑ってしまった。


私はお風呂場の扉の前で気合を入れていた。

団長には先にお風呂に入ってもらって、あとは私が入るだけだ。

一応タオルで前だけは隠している。今まで夜着がはだけたほぼ裸の状態なら見せているが、完全な裸はまだ見せたことがない。あんな着る意味のないような薄い布でもあるとないとじゃ大違いだ。

「……マリエル、いつまでそこに突っ立っているつもりだ？」

私がここで迷ってるのは、ばれていたらしい。

「い、今入ります！」

私は覚悟を決めて、扉を開けた。目を伏せて、浴室に入る。

団長の様子を窺おうと少し顔を上げると、団長は浴槽のふちに肘《ひじ》をついて、こちらをしっかりと見ていた。そんなに凝視されるとは思ってなかった私は驚いた。

「なんで、わざわざこっち向いてるんですか⁉」

「いや、せっかく一緒に入るのに、見ないわけないだろ？」

「いや、見ないでしょ！　一緒に入って良いとは言ったけど、見ていいとは言ってません！」

「『もう全身見られてるし』って言ってただろう？」

「それは見ていいって意味とは違います！　もう……あっち向いててください。ついでに洗っているところは絶対見ないでくださいよ！　見たらもう一緒にお風呂なんて入りませんからね！」

「ほぉ……見なかったら次があるのか。楽しみだ」

そう言って、団長は私に背を向けた。

「――っ!!」

なにか言い返そうと思ったが上手く言葉が出ず、やめた。さっさと洗ってしまおう。私は髪の毛から洗い始めた。ただ後ろに団長がいるというだけで、すごい緊張感だ。私は身体をいつもより強く洗い上げた。洗い終わると、私は団長に声をかけた。

「お、終わりました」

「では、ここに」

団長はそう言って、開いた自分の足の間を指した。

「え、ここですか？」

「じゃあ、向かい合わせのほうがいいか？」

団長と向かい合わせだと、目のやり場に困る。タオルで隠された足の付け根にある膨らみは気になったが、提案通り団長に背を向けて、太い腕にすっぽり包まれるように私はお風呂に入った。

団長は私を背後からギュッと抱きしめ、音を出しながら、首筋にキスを落としていく。

「あっ！　団長、くすぐったいですってば……もう」

「くすぐったいだけじゃないだろう？」

団長は首筋を舐め、耳を舐める。

「マリエル……」

優しく呼ばれて振り返ると、団長と目が合って、ゆっくりと唇が重なる。舌を擦り合わせ、唾液を交換し、団長の味を、熱さを確かめる。

団長は私の胸に手を這わせ、ゆっくり揉みしだく。時折、乳頭をギュッと押したり、摘んだりして、私の快感を引き出していく。

「……ん、ぁん！　……だんちょ、き、もちいっ……！」

乳首をキュッと摘み、引っ張られる。

「ああん……っ！　おっぱい、いやぁ！」

「もうすっかり反応するようになったな」

私はレッスンの度に胸を弄《いじ》られすぎて、少しの痛みなら快楽に変換されるようになってしまっていた。むしろ、優しい愛撫《あいぶ》では物足りなく感じる。

「だんちょ……っあん！　……だんちょう！」

熱に浮かされたように団長を呼ぶ。

団長の左手は胸を揉む。右手は少しずつ下に降りていき、お腹を優しく撫でた。私は騎士で日頃から鍛えているので、普通の貴族令嬢のような腹部の柔らかさはない。それを気にしたことは今までなかったが、団長に触られている今だけは女性らしくないその部分に恥ずかしさを感じた。

「さぁ、こっちも可愛がってやろう」

「……あ！　そこはぁ……っ！」

団長の指が私の陰核を優しく押し潰《つぶ》す。

十分に濡れそぼった蜜壺から愛液が溢《あふ》れるのを感じる。指が蜜壺まで伸びてくる……

「水の中でも十分に濡れているのが丸わかりだな」

私の後ろで団長が笑うのを感じた。

「そ、それはぁ……っ、みず……で！」

「そうなのか？　こんなにドロドロした水は知らないな」

「……やぁっ！」

器用に陰核を弄《いじ》りながら、蜜壺の入口を擦る。

「次から次に溢《あふ》れてくるな……」

もう頭が熱でおかしくなりそうだった。

私の臀《でん》部《ぶ》の後ろで存在を主張する団長の陰茎も硬くて、熱い。

「あっ、はぁん……っ！　だんちょうのも、あたってるよぉ！」

「あぁ、マリエルが魅力的すぎて、やばいな」

私が団長の陰茎に手を伸ばそうとすると、団長はその手を掴《つか》んで阻止する。

涙が滲むのは、拒否されて悲しいからなのか、感じすぎているからなのかわからない。

「あっ、なんで――」

「今日は……一緒に、気持ち良くなりたい」

そう言って団長は私の腰を掴《つか》んで立たせると、壁に手をつくように指示した。私は団長に臀《でん》部《ぶ》を突き出したような格好になる。

「マリエル……足をしっかり閉じてろ」

次の瞬間、団長のタオルが落ちた。そして、団長の陰茎が私の足の間に入ってきた。

「え……!?　ぁあああっん！」

私の愛液が潤滑油となり、陰茎がスムーズに私の足の間を出入りする。お風呂場に卑猥な水音と、私の喘《あえ》ぎ声、そして団長の熱い息遣いが響く。

陰茎は確実に陰核を狙い、擦っていく。足の間が熱い。後ろから胸を揉みしだかれ、乳首を摘まれる。首筋はねっとりと舐められる。まるで繋《つな》がっているみたい、気持ち良くて、熱くて、溶けてしまいそう……

団長の腰の動きが徐々に速くなる。

「んっ！　はぅ、あん……だめっ！　あぁ!!　イっちゃう!!」

「俺もだ……！　……くっ!!」

次の瞬間、団長の陰茎からは精液が勢いよく飛び出し、パタパタっと音を立てて浴槽内に沈んだ。

二人とももう何だかわからない液体でびしょびしょだ。そして、私は上手く立つこともできず、団長に支えられている。

「……のぼせちゃう」

「……だな。でも、一旦シャワーだけ浴びてから出たほうが良さそうだ」

「むり……もう動けない」

「まかせろ」

団長は嬉々として私を抱き上げ、その後全身をくまなく洗ってくれた。もう抵抗する体力のなかった私は、団長のされるがままとなった。

私の身体を洗いながら、また元気になる団長のモノが目に入ったが、もはや身体が動かないと感じていた私は気付かないフリをした。

お風呂を出た後、私はローブを着せられ、ベッドに運ばれる。団長は実に甲斐甲斐《かいがい》しく世話を焼いてくれた。至るところにキスをして、嬉しそうに私を見つめる。

お世話に、この視線……やっぱりペットかなにかに思われているに違いない。

二人でベッドに横たわり、後ろから団長に抱きしめられる。背中に感じる団長の体温が気持ち良くて、優しく私を撫でる手が心地よくて、私はウトウトと微睡《まどろ》んでいた。

「少し無理をさせてしまったな……すまない」

「大丈夫です。今は眠いだけで……気持ち良かったです」

「はぁ……マリエルが可愛い」

「……今の会話で可愛い要素ありました？」

「あった。マリエルはいつも素直なんだ。自分の気持ちを素直に吐き出すことは誰にでもできることじゃない。それにマリエルはしっかり自分の芯を持ちながらも、人の意見を素直に受け入れることができる。同時に嫌なものや正しくないことにははっきりと拒む強さもある。俺は今までいろんな奴を指導してきたが、素直じゃない奴は伸びない。マリエルはアドバイスに納得すれば、指導した分だけしっかりと伸びる。少し時間はかかるがな。俺はマリエルのその真っ直ぐな性格を非常に好ましく思うぞ」

まさか団長がそんな風に見てくれていたなんて知らなかった。入団時の過酷なトレーニングこそ団長が担当していたが、それ以降の訓練ではほとんど副団長が担当した。だから、団長は私のことは知ってても、ほとんど気にかけていないと思っていた。ちゃんと私のことも見ててくれたんだと思うと嬉しくて堪らなかった。……それに、私の性格まで理解してくれていた。

私はいわゆる融通の利かないタイプで、周りに合わせるのが苦手だ。普通の貴族令嬢はファッション、菓子、話題のお芝居や時には人のゴシップまでいろんなものに敏感で、自分の優位を主張したり、権力のある者の取り巻きになったりする。私が同年代の令嬢と過ごしたのは十二歳くらいまでだったが、幼いながらも表面上はニコニコと笑って、裏では悪口を言い合うような世界だった。私は誰かを貶《おとし》めるのも、貶《おとし》められるのも嫌だった。もちろんそんな私は周りの令嬢から異端扱いされた。その上、私は麗しい婚約者や美しい姉と比べられ、周りから心ない声を浴びせられた。

母や姉からは「正直にものを言い過ぎる」とか「見て見ぬフリも大切だ」とか言われたが、私は我慢できなかった。お茶会や交流会に出る度に二人からお叱りにも似たアドバイスを繰り返されたが、結局私は大きな交流会を最後にして、騎士の道に進もうと決めた。

騎士の訓練は本当に辛かったが、嫌々お茶会や交流会に参加していた頃に比べるとはるかに充実した日々だった。すぐ辞めるだろうと横目に見ていた同僚とも厳しい訓練を共に耐え、何度か打ち合いをすれば、打ち解けられた。裏で何を考えているかなんて考えなくて良かった。下心を持ってる人もいたが、嫌なら嫌と言うだけだったし、運が良いことにしつこい人は気付くと辞めていたり、配置換えされていたり、長く困ることはなかった。

家族は私を愛してくれてはいたが、私の性格や好きなものを認めてくれたわけではなかった。騎士団は私にとって自分が自分らしくいられる場所だ。

騎士になって良かった……。それに団長と出会えたんだもの。

周りから否定され続けたこの性格すら、肯定してくれる団長の優しさに胸がいっぱいになった。

この人に一生ついていきたいと思った。私は振り向き、御礼を言った。

「ありがとうございます。私、騎士になって、本当に良かったです。これからも一生、団長の部下として精進します！」

「……一生、部下として、か」

団長は少し寂しそうな顔をして笑った。

迷惑だっただろうか？　けれども、団長は私の困った様子を察したのか、私の額にキスをしながら、こう言った。

「ありがとう。これからもよろしく頼む」

良かった。いつもの団長だ。私は安心して団長の胸に擦り寄り、目を閉じた。

窓の外、鳥の囀《さえず》りで、私は目を覚ました。あたりは薄暗く、静かだった。まだ人がほとんど起きていない早朝なのだろう。私は目を擦った。

すると、目の前には何とも素晴らしい胸筋があった。私はどうやら団長の右手に抱え込まれるようにして、胸にくっついて寝ていたらしい。……恥ずかしい。

私は団長を起こさないようそっとベッドから抜け出すと、ポットから水を一杯注いで飲んだ。冷たい水が身体に流れ込み、心を落ち着かせる。

団長は泊まってしまったようだが、大丈夫だったのだろうか？　私が寝てるから、鍵もかけられないし、帰るに帰れなかったのかもしれない。申し訳なさすぎる。なんだか、団長の前では失敗続きだ。団長が優しいからって甘えすぎないように気を付けないと……！

「本当になにか御礼ができたらいいんだけどなぁ……」

そう呟き、ベッドで寝ている団長を見ていると、あることに気が付いた。

……団長の中心が盛り上がっている。

まさかお風呂を出た時からずっと勃《た》っていたのでは？　そう思うと、心配になってくる。そんなに勃《た》っていて大丈夫なのだろうか？　陰茎にも疲労が蓄積されたら、勃《た》ちが悪くなってしまうかもしれない。そうなったら、公爵家嫡男の団長にとっては一大事だ……！

あれこれ考えたあげく、私は意を決して布団をめくった。

団長の開かれた足の間に座る。ローブをずらし、私はつんっと上を向いた団長の陰茎を握った。

いつもなら私が団長のを擦る時は汗やら私の愛液やらで割と濡れていることが多いが、今日のコレは乾いている。さすがにこのまま擦るのは痛そう……

そう思ったところで、名案が浮かんだ。同僚たちがよく話してるように舐めればいいのではないか。

騎士団に入って、男性の陰茎を舐めたり、咥《くわ》えたりして気持ち良くする方法があると初めて知った時は心の底から無理だと思った。しかし、団長の陰茎を目の前にしても全く嫌悪感は湧かないし、何なら少し愛しいとさえ思う。しかも昨日は私の陰核を擦り、気持ち良くしてくれた。いい子だ。

私は優しく陰茎にキスをした。そのまま周りを舐めていく。時々ピクピクとして、可愛いらしい。キノコのかさのような部分も余すことなく舐める。私がペロペロと舐めていると、団長の喘《あえ》ぐような声が聞こえた。

「……ん……はぁっ」

なんだか楽しくなってきて、より熱心に舐める。全体を舐め終わると、私は先端をカプっと咥《くわ》えた。口内で舌を動かし、先端を丁寧に舐める。そのまま口内深く陰茎を咥《くわ》え込む。団長のは大きくて、全部を口内に収めることはできなかったが。

唇で優しく咥《くわ》えるようにして、顔をゆっくり上下に動かした。以前同僚が歯が当たると萎えると言ってたから、歯だけは当たらないように慎重に。

「はぁ……っ、……くっ！」

感じてくれてるのかな？　団長の熱のこもった声を聞くと、私の身体にも熱が蓄積されていく。

「うん……？　……あ、うっ……！　……マ、マリエル、何を……!?」

私は一旦口を離し、団長に挨拶した。

「おはようございます。すみません、勝手にこんなことして。あの……私、団長のが苦しそうだったから、心配になって……。迷惑でしたか？」

「……い、いや、あまりにも嬉しくて夢かと思ったくらいだが……」

「でも、初めてでやり方がいまいちわからなくて……。気持ち良くなかったですよね？」

「いや、気持ち良かった。マリエルが咥《くわ》えてくれているだけで、思わず出てしまいそうだった。マリエルこそこんなの咥《くわ》えて……い、嫌じゃないのか？」

「嫌じゃありませんよ。団長のだから」

「マリエル、なんてことを言うんだ……。じゃあ、遠慮しないぞ？」

私がコクンと頷いたのを確認して、団長はベッドの背もたれに上半身を預けた。

「ここから見てるから、さっきの続きをやってみてくれ」

私は先程やったように陰茎を隈なく舐め回し、先端を咥《くわ》えて、舌でチロチロと舐めたりした。

「はぁ……っ、マリエル……気持ちいい……。……咥《くわ》えたままこっちを見てくれ」

私は陰茎を咥《くわ》えたまま、上目遣いで団長を見る。

団長は、私を褒めるように頭を撫でる。私は咥《くわ》えたまま顔を上下にゆっくり動かした。

「気持ちいいが、焦らされてるみたいだな。少し強く咥《くわ》えられるか？　吸うような感じで……」

私は言われた通り、少し強く吸うようにして、顔を上下に動かした。

「……っん。いいぞ、マリエル……上手だ」

陰茎の根元を擦るのも忘れない。団長の息遣いがどんどん激しくなっていく。

「くっ……マリエル！　出る……っ！」

次の瞬間、団長は私の頭を押さえ、私の口内に射精した。あまりの量に全てを口で受け止めることができず、口の端から溢《あふ》れる。

「すっ……すまない！　つい……!!」

団長は私にタオルを差し出してくれる。私は口の中の精液を吐き出し、軽く口をぬぐうと、笑いながら団長に言った。

「また一つ、団長を気持ち良くする方法を覚えました！」


その二時間後、私は、ぐったりとベッドに横たわっていた。私は「俺だけ気持ち良くなって悪い」と言う団長に押し切られ、朝からレッスンで喘《あえ》ぐことになったのだ。団長はこの部屋で軽くシャワーを浴び、すっきりした顔で仕事へ向かった。

なんだか、団長がどんどん激しく大胆になってきている気がする……。いや、大胆なことをしているのは私？　もしかしてこれって貞操の危機なのかしら？

……でも、危機でもないか。初めては団長にもらってほしい。いや、団長じゃないと嫌だ。夜会が終わったら部下に戻る。今しかないなら、それまでに抱いてほしい。団長は嫌がるかな……なんて言ったら抱いてくれるだろう。

その時、部屋をノックする音が聞こえた。

「はい。開いてます」

「なんだ、結局鍵かけてないのね」

副団長が呆れた顔をして入ってきた。

「副団長、お疲れさまです。寝てる時にパデル爺が来たら悪いなーって思って、開けてました」

「鍵付きの意味ないじゃない。ま、ここにいるのを知ってるのはごく一部の人間だし、大丈夫か」

「え？　みんな私の場所、知らないんですか？」

「あの独占欲の塊がね……」

副団長が小さくため息を吐く。

「独占欲？　……あ、もしかして団長ですか？」

副団長は驚いたように私を見る。

「え!?　嘘でしょ!!　……鈍感マリエルがジルベルトの気持ちに気付くなんて……！」

「もしかして副団長は気付いてたんですか？　団長が私のことをペットのように思っていること」

「は？　……ペット!?」

「そうなんですよ。なんだかやたらと私の世話を焼きたがる感じで。可愛いとかすぐ言うし」

副団長は苦笑いをした。あれ、顔が引き攣《つ》ってる？

「……うわぁ、そんな感じなんだ。だからって、なんでマリエルはそんな解釈しちゃうかなぁ」

「え。どういう意味ですか？」

「あぁ……本当にじれったいわね」

副団長はそう言って、少し頬を膨らませる。

「すみません？」

「意味もわからず謝んなくていいの。私もなんだかんだ楽しんじゃってるし。今の話は忘れて」

「わかりました」

副団長の発言はいろいろと気にかかったが、忘れてと言われてしまったからには、それ以上話を聞くことはできなかった。

「で、マリエル。明日から騎士団に復帰だけど、体調はどう？」

「身体は鈍《にぶ》ってる気はしますが、食欲もあるし、特に違和感や痛みはありません。数日訓練に参加すれば、いつも通りになると思います。ずっとベッドの上にいるので、早く外に出たくてウズウズしてます！」

「ねぇ、マリエル。私、知ってるのよ？」

な、何を知ってるんだろう。もしかして昨日団長がお泊まりしたことかな。そ、それとも、挿れてはいないけど、あんなことやこんなことしたことを知っているのだろうか。……ま、まさか今朝、私が団長のアレを咥《くわ》えたこと!?

「ふ、ふ、副団長!! そ、それは誤解で!!」

「誤解なんかじゃないわよ。あなた……隠れて、トレーニングしてるでしょ？」

「……へ？ トレーニング？」

思わずぽかんとする私。

「そうよ！ ちゃんと身体を休ませなさいって言ってるのに、コソコソとトレーニングしちゃって！　休むことも騎士にとって大事なことなの。ストイック過ぎるのは身体に毒よ。わかった？」

「……申し訳ありませんでした」

「……なんでマリエル顔赤いの？」

「い、いや……この部屋ちょっと暑くないですか？」

「暑くないわよ。マリエルだってさっきまで普通に過ごしてたじゃない。……もしかして、なんか別のこと想像した？」

副団長がニヤリと笑う。

「してませんっ!!」

「ふふっ！　今日のところはそういうことにしといてあげるわ」

私はなかなか火照《ほて》りが取れない顔を下に向ける。

「じゃ、今日の本題に入るわね。まだ日程は確定してないんだけど、一か月後に魔獣討伐に本格的に行くことになったわ」

「魔獣……やっぱり発生してたんですね」

副団長は神妙な顔つきで頷く。

「えぇ、残念だけど。先遣隊だけでは十分に対応できないって。だから、今は周辺地域に被害が出ないように注力してもらってる。一か月後、装備を整えて出立することになるわ」

「一か月……随分と準備に時間がかかるんですね」

「いいえ、今日、すでに第二隊があちらへ発ってるの。補給も必要だし、怪我人も出てるから。で、次の部隊が発つのが一か月後なのよ。そこでジルベルトが指揮して、全ての討伐を終える予定よ。マリエルが討伐に参加するとしたら、この最終隊になるわ」

「団長も行くんですね……」

「もちろん。ジルベルトは魔獣討伐を十年前に経験してるしね。マリエルもそうだけど、今は魔獣討伐を経験したことのない団員も多い。あの時は想定された上での魔獣発生、討伐だったから準備を万全にして臨めたけれど、それでも被害はゼロじゃなかった。魔獣討伐は命懸けなのよ」

普段とは違う副団長の真剣な面持ちにぐっと緊張感が増す。

「そういう背景もあるし、今回発生してる魔獣の個体数はそこまで多くないから、討伐参加は本人が希望する場合のみとしたの。あと弱くても命を落とす可能性が高いから、私たち二人が認めた技量の持ち主だけ。マリエルは実力的には参加できるとジルベルトも私も思ってる。マリエルの気持ちはどうかしら?」

「もちろん、参加します」

私は、力強く首を縦に振る。

「そうよね。そう言うと思った。ここまでは想定済みなのよ。ここからが話の本番。あと一か月後だと、もう一つ大きなイベントがあるの。わかる?」

一か月後……この前聞いたような……

「あ、第二王子の婚約式ですか?」

「正解。隣国から姫が来るわ。その時に姫と接する可能性のある騎士は全て女性にするようにと隣国から要望が来ているの」

「じゃあ、女性騎士は基本王都に残るんですね」

「そのつもりだったんだけど、必ず一人は北の大地に行く必要が出てきたのよ」

副団長は困ったようにため息を吐いた。

「なんでです？」

「魔女に面会を求めたら、そう指定してきたの。『面会は一か月半後。人数は二人まで。会話を許可するのは女性のみ』ってね」

「なんで、そんな条件……」

「あまり知られていない話だけど、魔女は極度の男性嫌いなのよ」

「だからって話せるのが女性だけって……」

「本当よね。こんな時に勘弁してほしいわ」

「私は護衛でも遠征でも構いませんが、魔女と話すのは少し荷が重いですね」

魔女と対面する場面を想像して、少し鳥肌が立つ。

「そう感じるのも無理ないわ。本当は私が適任なんだけど、私は婚約式の責任者だから。今回、女性騎士のうち、討伐参加の意思表示をしたのがアンゼリカ、サシャ、そしてマリエルの三人よ」

私は副団長の目を真っ直ぐに見て、尋ねる。

「副団長は誰が行くべきだと思いますか？」

「私はマリエルが適任だと思う。魔女との面会にはジルベルトと行くことになる。ジルベルトと意思疎通がスムーズな人の方がいいわ。アンゼリカは口数が少ないし、サシャはジルベルトに苦手意識を持ってる。その点マリエルだったら問題ないもの」

「……そうかもしれません。団長は何と？」

副団長は私から目線を外した。気まずそうに口を開く。

「あー……アンゼリカを推してる」

……ショックだった。

最近の口ぶりから団長は私の実力を認めてくれているようだったから、他の団員より信頼されている気になっていた。確かにアン先輩の方が私よりも強い……団長がアン先輩を選ぶのは当然だ。自分を選んでくれると自惚《うぬぼ》れていたことが情けなかった。

「じゃあ……アン先輩がいいんじゃないですか」

そんなつもりはないのに、私の声がそっけない感じに響く。

「いや、マリエル違うのよ」

「何が違うんですか？　私はどっちでもいいです。一緒に任務にあたる団長がアン先輩を指名してるなら、アン先輩に任せるべきです」

「ジルベルトはあなたを心配して――」

「今回、怪我したからですよね。団長は実力が足りないと判断されたんでしょう」

「実力は足りているとジルベルトも私も判断したと言ったでしょう⁉」

「団長がアン先輩を連れていきたいって言ったんだから、それでいいじゃないですか！」

声が大きくなってしまう。ダメだ、こんなの八つ当たりだ。

でも、自分がうまくコントロールできない。もう何も話したくなかった。

「すみません……。お話が終わったのなら、ちょっと休ませてもらってもいいですか？」

副団長に失礼だとは思ったが、横になり布団を被った。……そうしないと、涙を見られてしまうから。

「……ゆっくり休んでね」

扉がパタンと優しく閉まった。私は布団の中で泣きながら、眠りについた。


キィ……と扉が開く音で目が覚めた。

きっと団長だろうな、と思ったけれど、どんな顔をして会ったらいいかわからなかった私は、そのまま目を閉じていた。団長が私の顔を覗き込んでいるようで、視線を感じる。

あんまり考えていなかったが、私の目は泣いたのがわかるくらい腫れているらしい。……失敗した。布団を顔まで被っておくんだった。

「……泣いたのか」

団長の足音がベッドから遠ざかっていく。奥で水の音が聞こえたと思ったら、団長が戻ってきた。

目に適度に冷えたタオルが当てられる。気持ちいい。団長は私の目を冷やしながら、優しく頭を撫でる。せっかく団長が目が腫れないように冷やしてくれているのに、その優しさにまた涙が出てきてしまう。……私はそのまま団長に話しかけた。

「……団長」

「すまない、起こしてしまったか？」

私は、タオルを取ろうとする団長の手を掴《つか》んだ。卑怯だが団長の目を見ては話せないと思った。

「魔獣討伐の件……団長がアン先輩を推していると聞きました。アン先輩は強いし、妥当だとは思います。……でも、魔女に会いにいくなら、私の方が上手くやれる自信があります。団長と通じ合っている部分が他の人より多いと感じてるのは……私の自惚《うぬぼ》れですか？」

「……自惚れなんかじゃない。俺もマリエルが隣にいてくれたら、と思う」

タオルの下で涙がまた溢《あふ》れてくる。

「……じゃあ、なんで私じゃダメなんですか？　副団長は私を推してくれてました。団長がいいと言ってくれたら、私は――」

「すまない。俺のわがままなんだ。騎士団長として冷静に物事を判断しなければいけないことはわかっている。だが……魔獣討伐は本当に危険なんだ。……俺はマリエルに傷ついてほしくない」

思わず私はタオルを取り払って、勢いよく起き上がった。団長は驚いた顔で私を見ている。

「でも！　私は騎士です!!　守られる立場じゃありません！」

団長は悲しそうな顔をした。

「……そうだな。……でも、ダメだ。魔獣討伐にマリエルは連れていかない」

「……私が弱いからですか？　この前、不審者を取り逃がした上、怪我をするような情けない騎士だから……！」

「それは違う。マリエルの実力は十分だ」

「じゃあ、私でいいじゃないですか‼」

団長を責めるように声が大きくなる。

それでも、団長はゆっくりと首を横に振った。

「言っただろう？　俺のわがままだと」

「なんで？　……私、団長のペットじゃありません」

「ペットだなんて、一度も思ったことはない」

じゃあ、なんで⁉　私は団長を潤んだ瞳のまま睨みつけた。

「傷ついてほしくないなんて――私は騎士です。そんなの無理です。守ってもらわなくていい。団長と、一緒に戦いたい……」

「すまない。それでも俺は……マリエルを連れてはいけない」

悔しかった。団長が私を認めてくれないことが。守られる存在だと見なされていることが。

「……今日は、もう、帰ってください」

団長が出て行った後の部屋はやけに寒くて……私を弱くさせた。

私は団長がくれたタオルに顔を埋めて、泣いた。

第三章　繋《つな》がる思い

次の日、団員のみんなは私の復帰を心から歓迎してくれた。と、同時に皆、私が数日間いなくなった理由を説明されていなかったらしく、質問責めにあった。

私はわけがわからなかったが、とりあえず事実を伝え、落ち着いてもらった。

その時、壁に寄りかかりながら、ニヤニヤとこちらを見て笑うカイを見つけた。

「カイっ！」

「よっ！　眠り姫のお目覚めだな」

「何言ってるの？　ナイフ刺さったの頭だったっけ？　それより、なんでこんなことになってるの？　カイがみんなに話してくれれば良かったのに」

「俺に許されたのは『俺もよくわからないんだ』の一言だよ。それにしてもマリエルって人気あったのな、しかもあんな大物まで」

「みんな心配してくれてるだけでしょ。とにかくカイが元気そうで安心した」

「あぁ、今日からまたよろしくな」

笑顔で二人拳を突き合わせたところで、遠慮がちに後ろから声をかけられる。

「マリエル……いい？」

振り返ると、そこにいたのはアンゼリカ、アン先輩だった。

「アン先輩、長いこと休んでしまって、すみませんでした。今日からまたよろしくお願いします」

「うん。よろしく。それでね、あの……」

「魔獣討伐の件ですか？」

「うん……マリエルも希望したって聞いたの。でも、私に決まって――」

「はい。私は婚約式の任務に就きます。お互い頑張りましょうね！」

微笑みながらそう言うと、アン先輩は安心したのか穏やかな表情になる。

「ありがとう、マリエル」

そう言って笑ったアン先輩は、優しく、強い意志を感じる目をしていた。


私は訓練に打ち込んだ。ここ一週間は団長に会えていない。団長を見かけることもない。きっと婚約式や魔獣討伐の準備で忙しいのだろう。ただでさえ忙しいのに、大きなイベントが二つだ。団長の身体が心配だった。でも、あんな風に団長を追い出すような真似をしといて、自分から会いに行くなんてできなかった。

そんな時、パデル爺から呼び出された。

「おぉ、マリエル来たか。調子はどうじゃ？」

「もうすっかり元通りです。その節はお世話になりました」

「良かったわい。で、今日はな、ちょっとおつかいを頼まれてほしいんじゃ」

医務官の人たち、忙しいのかな？　わざわざ私におつかいを頼むなんて珍しい。

「いいですけど、どこにですか？」

「ジル坊への差し入れじゃ。」

「ジル坊？　……もしかして団長ですか？」

「そうじゃが。ダメか？」

正直、気まずいことこの上ないが、お世話になったパデル爺の頼みを断ることもできなかった。

私が了承すると、パデル爺は目尻を下げて笑った。

「そこのパンを持っていってくれ。あやつは、今日も何も食べてないはずじゃ。頼んだぞい」

引き受けたものの指揮官室に向かう足が重い。

私が魔獣討伐に参加できないことは、騎士団として正式に決定を下した。それでも、胸の中のモヤモヤは消えてくれなかった。

騎士として認めてくれてるって知った時はすごく嬉しかった。なのに、傷付いてほしくない……なんて、やっぱり騎士として認められていないようで。勘違いして、期待して、結局選ばれなくて、惨めな気持ちになった。

団長の考えていることがまるでわからない。

あの口ぶりからして、きっと団長は私のことを大切に思ってくれているんだろう。でも、それがどういう意味の大切なのかがわからない。ペットではないなら恋人のような存在として……？　と、あり得ない考えが浮かび、慌てて頭を振り払う。

「好きなら……きっと抱いてくれてるはずだもの……」

そう、あそこまで肌を重ね、全てをさらけ出しても、私が懇願しても、団長は決して私と繋《つな》がってはくれなかった、何度もチャンスはあったはずなのに。

それはつまり、私との間に間違いがあっては困る、というのが本音なのだ。団長は、頼まれた通りに私をただ気持ち良くしてくれてるだけ。私への熱い眼差しも、優しい大きな手も、甘く私を乱す声も……きっと全部作り物なのだ。

自分で出した推論なのに、酷《ひど》く胸が痛くて、私は足を止めた。

苦しい。団長のことを考えると、胸が張り裂けそうになる。

団長は、簡単に私を天国にも地獄にも連れていく。恋を自覚した時は、幸せでいっぱいだったのに。今はこんなに辛い。これが本当の恋なら……こんな感情知りたくなかった。

「私ばっかり……なんで、こんなに好きになっちゃったの？」

廊下で一人自分に問いかけてみても、答えは出なかった。

指揮官室の前に着き、扉をノックする。

「失礼します。マリエルです」

「マ、マリエル…っ⁉」

バタバタとなにかが崩れる音がした。入ってもいいのかな？　扉に耳を付けて中の音を聞こうとすると、扉が勢いよく内側に開き、私は目の前の胸に飛び込むことになった。団長の香りにふわっと包まれる。

「団長……お、お疲れさま――」

私が言葉を言い終わる前に団長は私を腕の中に閉じ込めた。

心のモヤモヤは晴れないままなのに、抱きしめられると嬉しくて……私は動くことができなかった。胸いっぱいに団長の香りを吸い込めば、じわっと涙が滲んだ。

お互い何も言葉を交わさない。でも、伝わる温かさで胸の奥がほぐれていく。団長も私を求めてくれているような気さえした。この温かさが……演技だなんて信じられない。信じたくない。

しばらく抱き合った後、団長が私を解放した。

「すまない。急に抱きしめたりして」

「だ、大丈夫です」

団長は私から離れ、先ほど倒れたらしい本の山を拾い始めた。私も荷物を置いて、それを手伝う。

が、……目線が合わない。やっぱり団長も気まずいんだろう。

本を拾い終え、団長が席に座ったのを確認して、私はパンの入った袋を差し出した。

「パデル爺から差し入れです」

「そこらへんに置いといてくれ」

団長はそれをチラッと見ただけで、仕事を始めてしまった。

「あの……パデル爺が言ってました。朝から何も食べてないって」

「たしかに何も食べてない。だが、仕事で手が離せない」

「じゃあ、あとで食べてくださいね」

「食べられたらな」

食べる気のなさそうなその返事に腹が立ってくる。

私もパデル爺も本当に心配してるのに！

怒った私は、椅子を持ってきて団長の隣に座った。唖然とする団長を無視して、パンを一口大にちぎって、団長の目の前に差し出した。

「どうぞ。食べられないなら、私が食べさせます！」

最初は戸惑った様子だったが、私が引き下がらないとわかったのか、次々とパンを咀嚼《そしゃく》していく。

なんだか餌付《えづ》けをしている気分になる。素直にもぐもぐと口を動かすその横顔が可愛い。

それに時々、団長の唇が私の指に当たって、やけにドキドキする。この唇が与えてくれる快感を思い出してしまう。

私は、少し名残惜しい気持ちを感じながら、最後の一口を差し出した。

「これで最後です」

団長は最後の一口も大きく開けて、パクリと呑み込んだ。良かった……全部食べてくれて。

「マリエルは飴好きか？」

「えぇ。好きですけど……」

すると、団長は机からコロコロした綺麗な色の飴玉がいくつか入った瓶を取り出した。

突然のことでびっくりしている私を見て、団長は笑っている。

「この前、仕事で外に出た時にたまたま見つけたんだ。綺麗だろう」

飴玉はきらきらと光っている。こんな可愛いものをどんな顔して、団長は買ったんだろう。

……私のために買ってくれたのだろうか。その場面を想像して、思わず笑みがこぼれた。

「嬉しい。ありがとう、ございます」

いつの間にか団長はじっとこちらを見つめていた。

そして、視線が合うと、私の頬をゆっくりとなぞった。

「……マリエル。俺は――」

「ジルベルト、さっきの資料なんだけどさー」

団長がなにかを言いかけたその時、副団長が指揮官室に入ってきた。

……室内には沈黙が漂う。

「……えーっと、とりあえず私、外出てようか？」

副団長が苦笑いだ。私は慌てて立ち上がった。

「もう用事は終わったので、失礼します！」

私は逃げるように指揮官室を後にした。


部屋に戻り、飴玉の瓶を見つめながら、考える。

団長は一体何を言おうとしていたんだろう……。考えてはみるものの見当も付かない。

それに……私はどうしたいんだろう。

団長が好きで、会えないと寂しくて、会えたら嬉しくて、でも団長の気持ちがわからなくて苦しい。好きだと自覚した当初は、ただそばにいられればいいと思ってた。あわよくば、思い出として一度だけでも抱いてくれればいいなんて考えたりもした。そこに団長の気持ちなんて関係なかった。

でも、団長のことを知れば知るほど、私はどんどん傲慢になってく。団長に認められたくて、団長に選んでほしくて、団長の気持ちも、身体も、欲しくて……

「こんな自分……嫌、だな」

この綺麗な飴玉は、今の私には似合わないような気がして、蓋を開けることさえできなかった。

★　☆　★

私はあの日以降、ちょくちょくパデル爺に依頼されて、団長へ差し入れを届けるようになった。

そうやって繰り返し指揮官室を訪れていると、書類の作成や整理なども手伝わせてもらえることになった。団長に会うと気まずいのは相変わらずだが、会えば嬉しくなってしまう私にとってこの手伝いは僅かに残された団長との繋《つな》がりだった。

その日も団長へ届けるお弁当を運んでいると、向かい側から一つ下の後輩のアランが駆け寄ってきた。

「マリエルさん！　お疲れさまです！　あれ？　それ、なんすか？」

アランが私の持つお弁当を指差す。

「あー、団長にお届けするお弁当よ。パデル爺に頼まれたの」

「それなら、俺が運びますよ！　マリエルさんは休憩しててください」

アランはお弁当に手を伸ばすが、私はそれを躱《かわ》す。

「いいの。私が運びたくてやってるの」

「そんなこと言って、マリエルさんは本当にお人好しなんですから。最近、騎士団で話題になってますよ？　団長がマリエルさんを小間使いにしてるって」

団長が私を小間使いにしてる？　……意味がわからず、頭が真っ白になる。

「まったく団長も今まであんなに厳しかったのに、急にマリエルさんが綺麗になったからって、小間使いに使うなんて、あの人も所詮は普通の男だったんだなーって本当がっかりですよ。その点俺はずっと――」

アランの話は冒頭しか入ってこなかった。

団長にがっかり？　私が側にいることで団長に悪い噂が立ってるの……!?

愕然とした。ただ団長の側にいたいだけなのに、それが団長の評判を下げるなんて思ってもみなかった。団長職は多くの屈強な男性陣をまとめ上げる仕事だ。舐められたら、上手く統率も取れなくなるかもしれない。威厳と実力があっての団長だ……それが私のせいで揺らいでる？

私が団長の足かせになっているかもしれないと思うと、苦しくて、私は呆然とした。

その隙に、アランは私の手からお弁当を取り上げる。

「じゃ、行ってきますね！　あとで一緒にランチでも行きましょう！」

そこから、ランチも食べずに訓練場に戻ったが、どう戻ってきたのかわからない。その日は訓練にも身が入らなくて、定時と共に帰った。

団長に迷惑をかけちゃいけない。私といることで団長に悪評が立つなんて……。仕事人間の団長にとって、団長職は大事なものだ。それを揺るがす私は近くにいちゃいけない……

……好きになんてなっちゃいけなかった。身分も立場も、何もかも、違うんだから。

私は団長のくれた飴玉の瓶を握り締めながら、涙と共に団長には近づかないことを決めた。

次の日から私はパデル爺の呼び出しを他の団員にお願いするようになった。団員のみんなは快く応じてくれる。特にアランは私の用事を代わりたがるほどだった。最近はなにかと私の周りにいる。

何故か団員の中にはアランと付き合い始めたのかと聞いてくる者までいた。

でも、そんなのはどうだって良かった。

今の私には騎士として団長に応えることしかできない。それ以外のことなんて興味はなかった。

団長が遠征に行っている間、なんとしても婚約式を成功させる。それだけが私にできることだと思った。

★
☆
★

遠征前日。私はいつも通り、訓練に励んでいた。

ふと壁際を見ると、ため息をついているアン先輩がいた。明日から遠征なのに浮かない表情をしている。

「アン先輩。明日から、ですね」

「そうね。……気合い入れなきゃ」

そう口に出すものの、やっぱりアン先輩の表情は暗い。

「なにかありました？　元気なさそうに見えますけど……」

「ありがとう……私は大丈夫。元気がないのは私の両親なの」

「ご両親が？」

「うん……実はね、私、十年前の魔獣討伐で当時騎士だった兄を亡くしているのよ。だから……仇《かたき》を打つためにも今回は必ず参加したかったの」

アン先輩にそんな事情があるなんて知らなかった。

「でも、両親は今回の討伐で兄に続いて私まで魔獣に殺されるんじゃないかって心配していて……話も聞いてくれない」

「そうだったんですね……」

「うん……ごめん、マリエルに譲ってもらったのに、こんなこと話して」

アン先輩は困ったように笑う。私は慌てて首を横に振った。

「そんな……！　私のことなんて気にしないでください」

「ふふっ、ありがとう……。ねぇ、マリエル？　もし遠征に行くメンバーに本当に大事な人がいるなら、ちゃんと言いたいことは伝えておくのよ。私も兄が亡くなった時に後悔したの。喧嘩したまま見送ってしまったから」

団長の顔が浮かぶ。

「まぁ、マリエルは付き合い始めたばっかりだから。それにアランの実力があれば――」

「アラン……ですか？」

なんでここでアランの名前が出てくるのだろうか？

「えぇ。彼と付き合い始めたんでしょ？」

アン先輩が不思議そうな顔をして言う。

……え⁉　なにそれ⁉　まさかそんな噂が広まっているなんて！

「付き合ってません！　最近やけについて来ますけど、ただそれだけです！」

「嘘でしょ？　アランがマリエルは恥ずかしがり屋だからって言ってたわよ？」

「あいつ…っ！」

痛いくらいに拳を握りしめる。思わず厳しい表情になってしまう。

それを見たアン先輩が申し訳なさそうに両手を合わせた。

「ごめん、私まですっかり勘違いしてたわ」

「大丈夫です。アランを放置してた私も悪いですから。それにしても何でそんな嘘――」

「マリエルを落とすために外堀から埋める作戦なんでしょ？」

「落とす？」

私は首を傾げる。その様子を見てアン先輩はプッと噴き出す。

「マリエルって本当に鈍感なのね。それとも、アランに興味がなさすぎるのかしら。アランは大好きじゃない、ずっと前からマリエルのこと」

……全然気付かなかった。付き纏《まと》ってくるのはそういうことだったの⁉

「し、知りませんでした。私は好きじゃないのに」

「そうなの？　せっかくの有望株なのに。それとも、他に好きな人でもいるの？」

顔が一気に熱くなる。

「い、いません!!」

「……いるのね。なら、大変だわ。その人の耳に入る前に噂を消さなきゃ。お喋りコンビのダニエルとセリーヌあたりに言っておけば、すぐに嘘だと伝わるわよ。あとで自分の口から二人に伝えておきなさい」

「わ、わかりました」

「じゃあね、私は話を聞いてくれない両親に手紙でも書いて、届けてくるわ」

「ご両親にわかってもらえるといいですね」

「ありがとう。……マリエルに話してちょっとすっきりした」

明日から遠征……

考えないようにしていたが、団長が心配で心配でたまらなかった。

魔獣討伐は本当に危険だと聞く。団長がいくら強いからと言って、無傷で帰れる保証はない。……最悪命を落とすことだってある。

やっぱり、このままじゃ嫌だ……！

パデル爺のところへ向かおうとして、その前にダニエルとセリーヌを呼び、アランと付き合っていないことを伝えた。私の様子を少し離れて見ていたアランを一睨みして、その場を離れた。

「パデル爺？　……いますか？」

パデル爺は私を一瞥《いちべつ》する。いつも温厚なはずのパデル爺の睨みは、恐ろしい。

「なんじゃ、サボりマリエルか。呼び出しを他の騎士に押し付けおって」

「すみませんでした……」

パデル爺は私に向き直り、いつになく厳しい口調で言った。

「わしもジル坊もパタリとマリエルに会えなくなったから何事かと思ったぞ。なのに、業務や訓練には熱心すぎるほどに参加しておるし……。おぬしは優しい子じゃから、なにか考えがあってのことだと思うが、ちょいとジル坊にはきつかったと思うぞ。もちろんわしも心配した」

「……ごめんなさい」

確かに自分の思い込みで行動してしまって、パデル爺や団長の気持ちをちゃんと考えていなかった。パデル爺の言うことはもっともだ。

「ジル坊にはわけを話せ。まったく明日から魔獣討伐だのに不安しかない。で、何の用じゃ？」

「あの部屋の鍵をお借りできませんか？」

「ほう？」

「パデル爺は知ってるんですよね？　私達がこっそり会っていたこと」

パデル爺は頷く。

「私、誰にも見られずにゆっくり団長と話せる時間が欲しいんです。……お願いです。鍵を貸してください！」

私は深く頭を下げて、パデル爺の言葉を待った。

「いいじゃろ。というか、元よりそのつもりじゃ」

「え？」

思わず顔を上げると、パデル爺は微笑んでいた。

「マリエルが来なかったら、わしが訓練所まで直接おぬしに会いにいこうと思っておった。今日の夜、二十時にあの部屋じゃ。ジル坊には伝えておく。おぬしは先に行って鍵を開けておけ」

「はい……！　ありがとうございます！」

パデル爺はニッコリと笑って、私に鍵を渡してくれた。


私は例の部屋で待っていた。

本当は今にも逃げ出したい。団長と自分から距離を置いておいて、どんな顔で会えばいいのかわからない。でも、ここで何も言わなかったら、絶対に後悔する……

団長が来てくれるかわからなかったが、私はじっと待った。

窓がカタカタと音を立てる。窓際に立ち、外を見ると、ものすごい強風が吹き荒れ、木々が今にも折れそうなほどしなっている。明日の天候が心配になった。

約束の時間から一時間過ぎても団長はやってこなかった。やっぱりすごく怒ってるんだ……

もう私と二人きりでなんて会いたくないのかもしれない。

あんな風に団長と二人幸せな時間を過ごせないのかと思うと、胸がはち切れそうだった。

……ポロっと涙が落ちたその瞬間、扉が開いた。そこには、大好きな団長がいた。

「……なんでマリエルが泣いてるんだ」

独り言のようにそう呟くと、団長はどさっとベッドに座った。項垂《うなだ》れて私の顔を見ようとさえしない。私は椅子から立ち上がり、団長に向かい合った。

「あ、あの……すみません！　明日から遠征なのに呼び出したりして」

団長は短くため息を吐く。

「そんなことはどうでもいい。話があると聞いた。用件はなんだ？」

怖い。訓練の時の団長でさえこんなに怖くなかった……足元が震える。でも、団長をこうさせちゃったのは私だ。ちゃんと説明しないと……

「あの、その……急に会いに行かなくなったりして、ごめんなさい」

「別に構わない。どうせ俺に飽きたんだろう？　それか他にレッスン相手が見つかったか？　最近はアランと仲良くしてるそうじゃないか。俺にも当てつけのようによく弁当を持ってきたぞ。イライラして食べられたもんじゃなかったがな」

私の声は思わず大きくなる。

「違います!!　飽きてなんかいないし、他の人にレッスンをお願いしたりなんてしません!!　アランは勝手に付き纏《まと》ってくるだけだし、好きなんかじゃない！　お弁当だって、本当は私が持っていきたかった!!」

団長も私に呼応するように声が大きくなる。

「じゃあ……じゃあ、なんで来なかったんだ!! 急にマリエルに会えなくなって、わけがわからなかった！ ……おかしくなりそうだった」

団長は頭を抱えるようにして、下を向く。

「ごめんなさい……」

「なにかわけがあるなら教えてくれ……」

団長は顔を上げずに、呟くように言った。

私は意を決して口を開く。

「……言われたんです。騎士団の中で団長が私を小間使いにしてるって噂されてるって」

「で？」

「団長にがっかりしたって言っているのを聞いて……私が側にいたら、団長が悪く言われちゃうって思ったんです」

鼻がツンとして、視界が滲んでくる。

団長は私を見た。表情は硬い。

「そんなの言わせておけばいい。どっちにしろ、俺より強くなきゃ騎士団長にはなれない」

「でも！ 団長は団員みんなを纏《まと》める立場です。みんな団長を尊敬してついてきています。私が団長に付き纏《まと》うことでそれが揺らぐなら、側にいちゃいけない……」

「……俺のために離れたって言うのか？」

私は涙をボロボロこぼしながらも言葉を紡いだ。

「ぐすっ……ずっと考えてました。どうしたら団長の側にいられるんだろうって。なんて言ったら、騎士団のみんなは納得してくれるかなって。でも、思いつかなくて……。毎日……団長に会いたくてたまらなかった。会えなくて辛かった……自分から会いにこなくなって何を言ってるのかと思うかもしれないけど……だけどっ――」

次の瞬間、私は団長に抱きしめられていた。

「俺も……毎日会いたかった……。指揮官室の窓から一生懸命訓練してるマリエルを見てた。他の団員と話していれば嫉妬でおかしくなりそうだった。誰かが肩に触っただけでも、その手を切り落としてやりたいと思った。マリエルは俺のだ、触るなって……。でも、飽きられたのかと……他に気に入った奴ができたのかと思うと何も聞けなかった。マリエルにそう言われるのが、怖かった」

嬉しかった。団長が私を見ていたことも、嫉妬してくれたことも、私を失うのを恐れてることも、その恐ろしいくらいの執着も……全部。

もう団長が私をどう思っていてもいい。私が団長のことを好きなんだから。

団長が許してくれるまで側にいよう。そう思ったら、自然に口から想いがこぼれた。

「団長……好き。苦しいくらい……好きなの」

はっとしたように私を抱きしめる団長の腕が緩まる。私は離すまいと強く強く団長に抱きつく。

「マリエル……」

団長が私を引き剥《は》がそうとする。

「いや……っ！　私のこの気持ちが団長にとって迷惑でも……今は離れたくないっ‼」

「違うんだ、マリエル。顔が見たい。離れたりなんかしない。約束する。顔を見せてくれないか？」

私はおずおずと泣き顔を上げた。

「だんちょう……すき」

団長は優しく私の頬を親指でなぞる。

優しく微笑む。……いつもの団長だ。

「あぁ。俺も好きだ。……ずっと、ずっと好きだった」

一瞬息ができなかった。

「……うそ……」

「嘘なんかじゃない。マリエルが騎士団に入るずっと前から……マリエルだけを見てきた」

「そんな前から……？　どこで？　もっと早く言ってくれたら、私……」

団長の瞳にも涙が滲んでいた。

「あぁ、マリエルが婚約解消をした時にちゃんと気持ちを伝えるべきだった。だが……マリエルはまだ元婚約者を愛していると思ったんだ。レッスンを受け入れたのは、彼好みの妖艶なテクニックやスタイルを身につけ、いつか彼を取り返すためなんだと。だから、俺を利用しているんだと。こんな理由で触れるのは卑怯だとわかってはいても、マリエルが俺の手で感じるのを見るとやめられなかった。その時だけはマリエルが俺のものになったように錯覚した」

「私、ただの政略結婚で元婚約者のことなんて好きじゃありませんでした。見返したいのも、私の容姿を馬鹿にしたその女です。それにレッスンのことは私から頼んだことです。団長は卑怯なんかじゃない。私も触ってもらえて嬉しかった。私が好きになったのは、団長だけです！」

この想いが伝わってほしいと願いを込めてじっと見つめると、団長はゆっくり頷いてくれた。

「あぁ。さっきの告白で十分伝わった。俺は誤解して、マリエルを傷つけてばかりだ。すまない。しかも……告白をマリエルからさせてしまうなんて、全く格好がつかんな」

団長は自嘲気味に笑う。

「いいえ。私こそ、勝手に悩んで判断して、団長を傷つけました。ごめんなさい。それに団長がそんなに前から私を想ってたことにも気付かなくて……」

「マリエルはいつだって俺の光だった。マリエルがいなければ、今の俺はいない」

「そんな……！　大袈裟《おおげさ》です」

「大袈裟《おおげさ》なんかじゃない。いつか昔話と一緒に聞かせてやろう」

団長は私の頭を愛おしそうに撫でた。

「今、聞かせてくれないんですか？」

「今は……もう限界だ。マリエルが、欲しい」

そう言って、団長は私に熱く口付けた。

私は久しぶりの団長とのキスに夢中になった。

いろんな角度から口付けし、舌を絡ませる。唇から一緒に溶けていくようだった。

室内にはピチャピチャと私たちのキスの音が響く。

「ん……はぁ。団長」

「マリエル……」

団長の手が私の胸を慣れた手つきで触る。

服の上から触られただけなのにすぐに身体は快感に喘《あえ》ぐ。

「はぁ……っ！　ぁん！」

「マリエル、……悪い」

そう言うと、団長は私の着てたシャツを早急に脱がせる。ボタンが一つ二つ飛ぶ。胸当てを外すと、期待で先端が立ち上がった胸が飛び出す。

団長は勢いよく先端を口に含み、乳首を扱くように舐め、私の弱いところを刺激する。

「あぁぁんっ！　だんちょ……っ、きもちいいっ！　……おっぱい、いいっよぉ！」

胸を刺激しながら、スカートの中にも手を侵入させる。キスと胸への愛撫《あいぶ》だけで、パンティまでもうしっかりと濡れている。団長は手早くパンティを取り払うと、クリクリと陰核を刺激する。愛液が次々に蜜壺から溢《あふ》れてくる。

「マリエル…っ!!」

「あぁぁ……!!　……んぁ、あっ！」

私は嬌声《きょうせい》が止まらない。団長が触れたところから、快感が広がっていく。

少し乱暴なくらいの愛撫《あいぶ》なのに、どこを触られても気持ちいい。性急に求めてくる団長が愛おしくてたまらなかった。

団長の指が蜜壺へ入ってくる。こんなに深く指を入れられたことはなかった。私がどんなに頼んでも入口を擦るだけだった。今は団長の指がずずずっと入ってくる。全身への愛撫《あいぶ》で蕩《とろ》けた私の身体は難なく愛液と共に喜んでその指を受け入れる。団長は私の感じる部分を探しながら、指を増やしていく。

お腹がキュンキュンする。蜜壺が団長の子種を求めていた。私ももう我慢できなかった。

「おねがい……はやく！　団長と繋《つな》がりたいのっ！」

「あぁ、俺もマリエルの全てがほしい」

団長は、ズボンの前を寛げると、そそり立った陰茎を出した。私の割れ目にあてがう。

入口の浅い部分をクチュクチュと行き来する。焦らされているようで辛い。

「だんちょ……ので、奥までいっぱいにしてぇ……っ」

「マリエル……っ!!」

団長の陰茎が私の中に入ってきた。ギチギチと蜜口を押し広げながら進む。

「……ん……うっ」

苦しい。

「もう少し力を抜けるか？」

「はぁ……でき、ない……っ」

すごく嬉しいのに、身体は団長を受け入れないように強張《こわば》る。それが悲しくて、涙が流れる。

すると団長は私の陰核を刺激し、胸を舐めた。

「ひゃっ！　ん……あぁ!!」

相変わらず圧迫感でいっぱいだったが、団長の愛撫《あいぶ》によって力が抜け、また愛液が潤滑油となり、少しずつ奥へ進んでいく。途中……なにかに当たった。ここが一番奥？

「ん、はぁっ……ここ、まで？」

「いや、まだだ。今度は少し痛いと思うが……いいか？」

「うん……だんちょうとっ、ひとつになりたい」

「マリエル……愛してる」

団長はそう言って、私に口付けをした。

次の瞬間、焼けるような痛みと身体の中心を貫かれる衝撃が私を襲った。団長が私の一番奥まで押し入ってくる。私の悲鳴にも似た嬌声《きょうせい》は団長に吸い込まれる。

「んんっ……！」

身体の芯がじんじんと響くような感覚があって、団長の動きが止まる。

「マリエル……全部入ったぞ」

「……ぜんぶ？」

「あぁ。上手に俺のを呑み込んでる。……よく頑張ったな」

団長は、優しく頭を撫でてくれる。大好きな団長の手だ……

キスをして、撫でられて、下腹部の痛みがじんわりと和らいでくる。

でも、団長はどこか苦しそうに時々声を漏らしていた。

「だんちょう……うごいて？」

「……いや、まだマリエルが辛いだろう？」

「もう、だいじょうぶ。……それに……痛くてもいいの。団長を感じさせて……いっぱい」

団長はゆっくりと腰を前後に動かした。

最初は馴染ませるようにゆっくりと。痛みだけだったのが、今はなんだかゾクゾクして腰のあたりが揺れる。気付くと、私は団長に自ら腰を押しつけていた。

「すまない……もう無理だっ!!」

そう言うと、団長は激しく腰を振った。

「あ……っ！　あぁあんっ!!」

部屋にパチュパチュと水音が響く。

最初はあんなに痛かったのに、今は腰のあたりをゾクゾクと快感が支配していく。

団長は私の胸を強く揉み、乳首をぎゅっと摘んだ。

「つあ!!　イっちゃう……っ!!」

「マリエル……イく……っ!!」

団長は私の最奥に陰茎を押し付け、射精した。

熱い団長の子種が私に勢いよく流し込まれていく。

その熱が全身に広がる。それと同時に私の身体は幸福感で満たされた。

団長が私を抱きしめる。

私たちはお互いの存在を確かめるように強く抱き合った。

団長が身体を離すと、急に身体が冷える。

「無理させたな……。今、拭くものを持ってくる。待っていてくれ」

動けなくて、そのままベッドに横になっていると、団長は温かいタオルとお湯の入った桶《おけ》をバスルームから持ってきてくれた。私の身体を丁寧に拭いていく。

しかし、私の割れ目を拭く時になって、団長は一回止まった。きっと団長の精液と、私の愛液、そして破瓜《はか》の血が混じって溢《あふ》れ出しているのだろう。

「……だんちょう?」

「すまない……今、拭く」

そう言って、優しく拭いていく。まだ敏感なそこを刺激されるとつい声が出てしまう。

「ふっ……んぅ」

「マリエル……頼むから、声を我慢してくれ……」

「だってぇ……、んっ!」

「……はぁ」

団長は熱いため息を吐き、手で顔を覆うようにしている。

……私がエッチな身体だから、幻滅しちゃったんだろうか。

「だんちょう、いやっ……。きらいにならないで……」

「……っ! なんでそんな話になる!! 今は、感じるマリエルが可愛すぎて、また勃《た》ちそうになるのを、必死に律していただけだ」

「また勃《た》ったら、ダメなの？」

団長はくっ……となにかに耐えるような顔をした。

「だから、そう誘うな。本当に我慢できなくなる。明日から任務だろう？　無理をさせたくない。最後の方は激しくしてしまったから、どこかに痛みも出るだろうし……」

「……そっか。ありがとうございます」

団長は続いて、足を拭いていく。全く身体を動かせる気がしなくて、私はされるがままだ。

「今日だって本当はこんな風に抱くつもりじゃなかった。大体ここに来るまでは死刑宣告を聞きに来るような心持ちだったしな。でも、気持ちが通じ合ったと思ったら、我慢できなかった」

「……我慢できなかったのは私も同じです」

身体を拭き終わった団長は私の隣に横になり、私の肩を抱く。

「……俺の恋人は本当に可愛い人だ」

「こ、こ、恋人⁉」

私の反応に団長は不満そうに眉間に皺《しわ》を寄せた。

「……違うのか？　俺もマリエルが好きで、マリエルも俺が好きだろ。そうなれば、恋人になるのが普通だと思ったんだが……」

「えーと、問題はたくさんあると思いますが——まず、身分が違いすぎます」

「平民ならともかく、マリエルは貴族だろう。なんの問題もない」

「団長はそう思っていても、公爵家の皆様はそう思わないですよね？」

「いや、大丈夫だ。断言できる」

なんだか、団長の熱量がすごい。

「もう……。それに団長と付き合うなんて……周りからなんて言われるか」

「俺は別になんと言われようと構わない。別に団内恋愛禁止とかでもあるまいし」

「団長は威厳が大事じゃないですか」

私は思わず団長に身を寄せる。

「あぁ、さっきもそんなこと言ってたな。俺が尊敬されてるからついて来るとか。マリエルは確かに俺を認めてくれているが、団員の全員がそうではない。俺に不満を持っている奴も大勢いる。でも、そういう奴らがいつか俺を打ち負かそうと必死で訓練に励んだり、業務で成果を挙げたりする。それが結果的にこの国を守ることに繋《つな》がるなら、何を言われても俺は痛くも痒《かゆ》くもない」

「そうですね……確かに。あんなに一人で考えていたのが、なんだか馬鹿みたいです」

「俺のことを想ってくれたんだよな？」

「はい。なんだか間違っちゃいましたけど」

「もういい。でも、これからはちゃんと話そう。悩みがあったら言ってくれ。一人で答えを出そうとするな。今回のような思いをするのはもう二度とごめんだ」

「はい……。私ももう団長と離れたくありません」

私が団長の背中に手を回すと、ぎゅっと抱きしめ返してくれた。

「……でも、明日から遠征に行っちゃうんですよね。やっと団長に触れられたのに、寂しい」

「俺もだよ。またマリエルに会えない日々が始まるのかと思うと、辛い。でも、今度はマリエルの気持ちを信じられる。必ず帰ってくる。帰ってきたら……婚約しよう」

私は団長の顔を思わず見上げる。

「……こ、婚約ですか!?」

「あぁ、本当はすぐにでも結婚したいぐらいだが」

「け、け、結婚!?」

「なんでそんなに驚くんだ？　好きだけど、結婚するほどは好きじゃないのか？」

団長は少し寂しそうな顔をした。誤解させてはいけないと、私は慌てて答える。

「好きです！　結婚するなら団長じゃなきゃ嫌です。だけど……なんか展開が早すぎて……」

「ははっ、それもそうか。じゃあ、二人で話し合いながら進めていこうか」

「……ありがとうございます」

「じゃあ、今日はもう寝よう。明日に響く」

「そうですね。私はここで寝ていきますけど、団長はどうしますか？」

「俺はまだ仕事が残っているんだ。だから、少しここで仮眠を取ったら戻る」

「そうですか……倒れないでくださいね」

団長は、ははっと声を出して笑う。

「倒れないさ。マリエルと通じ合った今ならこのまま魔獣百匹でも余裕だな」

「もう、笑い事じゃないです！　本当に気をつけてください。必ず……帰ってきてくださいね」

「あぁ、約束する。マリエルも怪我しないように」

その夜、私たちは抱き合って眠りについた。


翌朝起きると団長の姿はもうなかった。

外を覗くと、昨日の荒天が嘘のような雲ひとつない晴天だった。

第四章　魔獣討伐

翌朝、私は自分の部屋に戻り、出勤の準備をしていた。少し腰がギシギシするし、あそこに違和感が残るが、普通に業務はこなせそうだ。一回で団長が止めてくれて本当によかった。

昨夜のことを思い出して、つい頬がゆるむ。

……まさか団長の恋人になれるなんて。夢みたい。こんな幸せなことがあっていいのかな。

今日から遠征。……大丈夫、団長は強い。絶対に無事に帰ってくる。

私がそう自分に言い聞かせていたその時、バンっとものすごい勢いで扉が開いた。

「マリ先輩！」

「サシャ？　そんなに慌ててどうしたの？」

「大変です。私と先輩が至急指揮官室に呼ばれてます。アン先輩になにかあったのかも……」

「急ごう！」

私とサシャは急いで指揮官室に向かった。


指揮官室の中に入ると、団長、副団長、パデル爺、そして足に包帯を巻いたアン先輩がいた。

「アン先輩っ！」

私とサシャはアン先輩に駆け寄る。アン先輩はぎこちなく笑った。

「マリエル、サシャ、ごめん。昨日しくじっちゃって、足を……」

そこでパデル爺が口を開く。

「昨日はものすごい強風だったじゃろ？　そのせいで看板が落ちてな。アンゼリカは咄嗟《とっさ》に看板下にいた人を助けようとして足を挫《くじ》いたらしいんじゃ。そんなに怪我は酷《ひど》くないが、魔獣討伐への許可は出せない。怪我をしたまま勝てるほど魔獣討伐は甘いものではないからの」

団長は黙ったまま、机に視線を落としている。

アン先輩が悔しさを滲ませながら言う。

「二人とも本当にごめん。私のせいで……」

その言葉を受けて、団長が口を開く。

「身を挺《てい》してでも国民を守るのが、騎士の務めだ。アンゼリカの行動は間違っていない」

「……ありがとうございます」

アン先輩の瞳に涙が浮かぶ。副団長が私たちを見た。

「だから、貴女たちを呼んだの。どちらか一名、魔獣討伐に向かってくれないかしら？」

すぐに答えることはできなかった。

団長は私に魔獣討伐に参加してほしくないと言っていた。私を危険に晒《さら》したくないから……。団長の想いを受け止めた今ならその意味が理解できる。私は団長が愛してくれている私自身を大切にしたいと思った。

だけど……魔獣討伐において活躍できるのは恐らくサシャより私だ。サシャは遠征経験も少ない。私ならほとんどアン先輩と同じ動きができることを考えても、確実に私が適任だった。

「……私に行かせてください」

私がそう言うと、団長はパッと顔を上げ、私を辛そうな表情で見つめた。

副団長が私の顔を見て頷く。

「マリエル、ありがとう。サシャもそれでいい？」

「……はい。マリ先輩、ありがとうございます」

「じゃあ、サシャとアンゼリカは戻って。アンゼリカはマリエルが戻ったら、至急引き継ぎを」

アン先輩とサシャは部屋を出て行く。

……室内には沈黙が広がる。口火を切ったのは、団長だった。

「……マリエル、よろしく頼む」

「はい。よろしくお願いします！」

「今日の午後に出立する。それまでに引き継ぎと準備を済ませるように」

そこでパデル爺が口を開いた。

「なんじゃ、仲直りしてないんか？　妙によそよそしい」

「違うわよ。仲直りしたから、こうもよそよそしいんじゃない。ジルベルトなんて昨日と顔色が全く違うもの。見てよ、生気に溢《あふ》れてるわ」

「それもそうじゃな。最近は腑抜けとったからのぉ」

「本当よ。死にそうな顔して隣で仕事しちゃってさ。辛気臭いったらなかったわ」

「シルヴィ！　パデル！」

「あぁ、怖い。私たちは出るわね。じゃ、午後の出発式で」

そう言うと、副団長とパデル爺は指揮官室を出ていった。

「まったくあいつら、余計なことをペラペラと……！」

「ふふっ。ところで団長、昨日少しは眠れましたか？」

「あぁ。ここ最近ろくに眠れてなかったが、マリエルの隣で仮眠を取ったら、スッキリした」

「良かったです」

「マリエルはどうだ？　……その、身体は平気か？」

「は、はい。少し違和感はありますが、特に痛みとかは――」

昨日の情事を思い出し、途端に顔が熱くなる。

「顔を赤くするな……」

団長も顔を片手で覆う。よく見ると耳が赤い。

「……だって」

団長は立ち上がって私の目の前にやってきた。

抱きしめられる。私も団長の大きな背中に手を回して、それに応える。

「……本当は参加してほしくない」

「……知ってます。団長が悲しむことはしたくなかった。けど、あの状況じゃ仕方ないでしょう？」

「それもわかっている……。だが、心がついていかない。マリエルになにかあったらと思うと怖い。万が一マリエルを失うようなことがあれば、俺は今までのようには生きていけない。ずっとずっと想い続けて、ようやく通じ合えたのに……」

「でも、私も騎士で、戦うために騎士団にいます。私は団長がいるこの国を守りたい」

「俺も……同じだ。ずっとマリエルがいるこの国を守りたいと思って、騎士として戦ってきた。マリエルが笑って過ごせるような国にしたい……それが今まで俺の原動力だった」

私は顔を上げて、しっかりとその揺れる瞳を見つめた。

「私、団長と出会えたこの国が好きです。力があるのにただ守られるだけじゃ嫌。一緒に戦います」

団長は諦めたように深いため息をついた。

「……あぁ。頼りにしてる」

団長がまた一つ深いキスをくれる。

「んっ……」

擦り合わせた舌の感触に声が漏れる。

「はぁ……その声を聞くと抱きたくなる」

「ねぇ、団長？　私も……遠征終わったら、いっぱいしたい、です。昨日のだけじゃ足りない」

「そうだな。終わったら飽きるほど抱いてやる。……遠征中は我慢の連続になりそうだが」

「遠征中に二人きりにはなれないですもんね。あ、周りにはお付き合いしてること、内緒ですよ？」

「確かにこのタイミングで言ったら、確実に士気が下がる奴が何人かいるからな。だが、やたらと笑顔を振りまいたり、簡単に触られたりするなよ？　俺の機嫌が悪くなる」

……団長ってとても嫉妬深い人なんだ。気をつけないと、私に絡んできた人まで危険そう。

そういう意味では、私と付き合ってると嘘をみんなに言っていたアランは大丈夫なんだろうか？

「あの、アランとの噂って団長の耳にも入ってました？」

「あぁ、もちろん。本人から聞いた」

「えぇ!?　本人から!?　な、なんて言ってました？」

「マリエルと付き合うことになったと。腑《はらわた》が煮えくり返りそうだったが、あいつも相当にマリエルのことが好きみたいだな」

「私はあんまり好きじゃないです」

「わかってる。もう微塵《みじん》も疑っちゃいない。安心しろ」

「良かった。それにアランも遠征組だから、団長とぎくしゃくしないか心配していたんです」

「大丈夫だ」

団長がアランを何となく許しているようだったので、私も冷たく当たるのはやめようと思った。

「私もアランと仲直りしますね」

「別にそれはしなくてもいい」

……この人、本当に大丈夫かな？

私の微妙な顔を見て、団長がクスクス笑う。団長が嬉しそうで……結局私も一緒に笑った。

指を絡ませ、決して離れないよう手を繋《つな》ぎ合う。

「マリエル……愛してる」

「私も……団長を愛しています」

私たちは指揮官室で静かに愛を誓い合った。


私は指揮官室を後にすると、アン先輩に会いにいった。先輩から細かな引き継ぎを受ける。

大体の説明を終えた後、アン先輩は一つのペンダントを取り出した。

「マリエル、迷惑でなければこれを」

「これは？」

「ぱっと見ただのペンダントなんだけど、魔道具らしいの。もちろん魔力なんてないから、何の効果もないんだけど、父から貰って私がずっとお守りとして身に着けていたものよ」

「そんな大事なもの、お借りできません！」

「ううん。持っていってほしいの……私の気持ちも一緒に」

アン先輩は、私の手にそっとペンダントを握らせた。

「邪魔なら鞄に入れてくれるだけでもいいから。お願い」

ペンダントを開けてみると、真ん中が小さな鏡のようになっていた。鏡の周りには緑色で初めて見る記号のような文字が書いてある。それが輝いているように見えて、綺麗だ。

「……わかりました。必ず帰ってきてお返しします」

私は必ず無事に戻るという決意と共にアン先輩のペンダントをきゅっと握った。

私は自分の部屋に戻ると遠征の支度を急いで整えた。最後に一通だけ両親へ短い手紙を書いた。


これから一週間かけて北の大地へ行く。その間は宿屋や野営で休憩を取る。

北の大地へ着いた後は、城の手前にあるラボラの森で魔獣討伐戦を行う。一週間で討伐を行った後は、城へ向かい、魔女と面会する予定だ。

私たちは黙々と馬を走らせる。そんな中、チラチラと視線を感じた。アランだ。昨日、嘘がばれたことで気まずいのか、話しかけてこない。

号令がかかり、小高い丘の上で休憩を取ることになった。私は愛馬のブランを木に繋《つな》ぎ、その横に座り込んだ。ブランはここの草が気に入ったのか、夢中で食《は》む。その姿が可愛くて、撫でてやると、嬉しそうに嘶《いなな》いた。

するとこちらにアランが近づいてきた。

私の目の前に立ったと思ったら、地面に頭がぶつかるんじゃないかという勢いで腰を曲げた。

「本当に……すみませんでした‼」

何故か大声でいきなり謝罪。周りの騎士は何事かとこちらを振り返り、注目している。

「や、やめてよ！　どうしたのよ、急に……」

アランは今にも泣きそうな顔で話す。

「俺が周りにマリエルさんと付き合ってるって嘘ついたこと、もうバレちゃったんですよね？　……本当にすみませんでした」

私は嫌悪感を隠しもせず、顔を顰《しか》めた。

「本当よ。いい迷惑だわ」

「……俺のこと、嫌いになりましたか？」

「嫌いになるも何も、元からそんなに仲良くなんてしてないわ」

「俺は仲良くしてるつもりでした……」

アランはしょんぼりと俯《うつむ》く。そんな顔してもダメだ、簡単に許してなんてやらない。

「そう。私は何とも思ってなかった。ただの後輩の一人」

「そうです、よね。でも……俺、本当にマリエルさんが好きなんです！　卑怯でもマリエルさんが手に入るならって思った」

以前からアランが私を好いてくれていたなんて、全く気付かなかった。

「マリエルさんが婚約解消したって聞いて、これで堂々とアプローチできるって思った。傷付いてるのを俺が慰めようと思ってたのに、どんどん綺麗になっていって……俺、ずっとマリエルさんのこと見てたからわかりました。誰かに恋をしてるんだって」

恋をしてると指摘されて、ドキッとする。アランは、悔し気に唇を噛み締めている。

「相手が誰かはわからなかったけど、訓練の時も綺麗にするようになったから、騎士団の誰かだと思いました。だから、もうマリエルさんは自分のだって、騎士団内に噂が広がるようにしました。そうすれば、その相手とマリエルさんが上手くいかないだろうって」

団長に会いにいかなくなったのは私が悪いが、アランの嘘が団長を苦しめたと思ったら、腹が立った。私はアランを睨みつけて言った。

「たとえ私の気持ちが好きな人に届かなかったとしても、アランを好きになることはないわ。大体、私に気持ちを伝えないで外堀から埋めようとするなんて――」

「何度も言いました!!」

「嘘でしょ？　いつの話よ」

「初めて会った時に一目惚れしましたって言いました。任務に就いた時も一緒にいたいって。好きだって……恋人になってほしいって言ったこともあります！」

確かにそれっぽいことを言われたような気もする。でも、私を好きだなんて思いもしなかったから、ことごとく意味を誤って捉えていた。好きだって言われた時はてっきり罰ゲームかなにかかと。

「マリエルさんには婚約者がいるから、上手く躱《かわ》されてるんだろうと思ってました」

「えぇと……なんだか、悪かった、わね？」

アランは顔を上げて、真剣な眼差しで私を見つめる。

「もうわかりましたか？　俺がマリエルさんを好きなこと」

「……わかったけど、私は――」

「今、返事はいりません。印象最悪なのわかってるし。でも、これからなんとか挽回します。絶対に諦めません。マリエルさん、覚悟しといてください！」

アランはニコッと私に笑顔を見せた。……信じられないポジティブさだ。

「じゃあ、今日もあと少し、頑張りましょうね！」

アランは唖然としたままの私の腕を引っ張ると、額に軽くキスをした。咄嗟《とっさ》のことで反応できず、固まる私をよそにアランは自分の馬の元へ戻っていく。

まさか……見られてないよ、ね？

チラッと団長を見ると、鋭い眼光でこちらを見つめている。……思いきり見られていた。

いつもより一段と低い声で号令がかかる。

「五分後に出発する。各自用意しろ」

そのまま団長は背を向けて、歩いていってしまった。

うぅ……泣きたい……

あれから二日。私はいまだに団長と一言も言葉を交わせていなかった。一刻も早く誤解を解きたい私は、どう団長と話そうかとそればかり考えていた。

もしかしたら、団長は簡単にアランに額へキスをされてしまったことを怒っているかもしれない。いや、隙が多いことに呆れてるかも。嫌われてはいないと思う……けど、団長から言葉を聞くまでは不安だった。好きなのは団長だけだって堂々と言えたらいいのに……

遠征中は秘密にしようと提案したのは私のくせに、秘密の恋人であることが歯痒《はがゆ》い。好きという言葉をもらって、身体も繋《つな》げたのに、もっと欲しがるなんて、なんだかどんどん欲張りになる。

今夜も私たちは宿屋に宿泊だった。しかし、そこで一つ問題が起きた。部屋数が一つ足りなかったのだ。女性団員が今回は私一人のため、宿泊の際、一人部屋を使わせてもらっている。しかし、今日の宿屋では用意できないので、私も二人部屋で誰かと一緒に宿泊しなければならない。

誰が私と宿泊するか、団員たちはこそこそと話している。寝込みを襲われるんじゃないかとか、ドリーさんなら妻子持ちだから安心だとか、私よりも弱い人と同室にしたらいいとか、みんな好き勝手言っている。大体、遠征中なのに寝込みを襲うなんて思考が出てくること自体、信じられない。

私は軽く憤りながら、団長を含むリーダーの判断を待っていた。

「マリエルさん、俺と同じ部屋でいいですか？」

いつの間にか隣に来たアランが馬鹿なことを言う。私は一睨みして、即答した。

「良いわけないでしょ。一番嫌」

「えー、酷《ひど》いなぁ」

「額に勝手にキスしたこと、許してないから。もう二度とあんなことしないで」

「マリエルさんが可愛いのがいけないんです」

「あんたね、反省しなさいよ！　今度やったら一生口きいてやんないから」

フンっとアランから顔をそむけた先に団長がいる。何やら難しい顔をして考え事をしている。

いろいろと考慮しているんだろうが、段々とさっさと結論を出さない団長に対しても腹立たしくなってくる。団長命令で同じ部屋にしてくれたらいいのに……！

痺れを切らした私はスタスタと団長の元に行き、みんなにも聞こえるような大きな声で言った。

「団長、私が一番信頼しているのは団長です。団長と同じ部屋に泊まらせてください!!」

団長は驚いたように目を見開く。団員のみんなもポカンとしている。

「あ、あぁ……構わないが……」

「では、行きましょう」

私は団長の腕を引っ張って、部屋へ歩き出した。

「お、おい、マリエル!?　すまん、ドリー！　残りの部屋割りは任せた」

私と団長は二人で一番奥の角部屋に消えた。

私は部屋に入ると、振り返って体をぶつけるようにして強く抱きついた。

「……団長。ずっとこうしたかったです」

団長も抱きしめ返してくれる。良かった……強引な方法を取っちゃったけど、怒ってないみたい。

大好きな団長の匂いに、イライラしていた心が凪《な》ぐ。私は顔を上げて、団長を見つめた。

「アランに告白されて、額だけどキスされちゃったこと……怒ってないですか？」

「……怒ってない。……が、イライラはした」

「やっぱり……」

「仕方ないだろう。だからと言って、俺がマリエルに近づくことはできなかった」

「わかってます……。でも、寂しかった。私のこと、どうでも良くなったのかな、とか考えて……」

「まったく……どれだけ俺がヤキモキしたと思ってる。俺だってアランにマリエルが惹かれたらどうしようかと気が気じゃなかった」

「アランなんかに惹かれない！　……私が好きなのは団長だけ！」

私は団長の胸に顔をグリグリと押し付ける。頭上から団長がくっと笑う声が聞こえる。

「そうだな。マリエルが好きなのは俺で、俺もマリエルが好きだ」

私の顔を上げさせ、軽いキスをくれる。

が、足りない。もっともっと団長を感じたい……

「団長……もっと……」

「ふっ。今日の俺の姫は随分と甘えん坊だな」

「団長が足りなかったんです」

「あぁ。俺にもマリエルを補給させてくれ」

団長はより深く口付けた。団長の熱い舌が口内を蹂躙《じゅうりん》していく。私は団長の首に腕を回して、必死にそれに応えていた。

その時、扉をノックする音が室内に響いた。

「ジルベルト、マリエル、これから飯に行くが、どうする？」

ドリーさんだ！　私はどうしたらいいのかわからず固まる。

団長は冷静に私の耳元で囁《ささや》いた。

「ベッドで布団を被っていろ」

私が布団を被ったのを確認すると、団長は扉を開けた。

「さっきはすまなかったな、ドリー」

「いいよ。マリエル大丈夫か？」

団長はいつもの調子で答える。私は布団の中で心臓がどくどく音を立てていると言うのに。

「あぁ、どうも少し頭が痛かったようでな。早く横になりたくて、あんなことをしたらしい」

「そうだったのか。今は？」

「今は寝ている。しばらく寝かせてやろうと思う」

「そうだな。ジルベルトは飯行くか？」

「いや、ちょっと明日の行程で確認しておきたいことがあるんだ。帰りにマリエルの分と二つ、なにか買ってきてくれると嬉しい」

「わかった。じゃあ、また後で届けに来る」

「あぁ、頼んだ」

扉が閉まる。私は布団からぴょこんと顔を出した。

「なんかドリーさんに買ってきてもらうの悪いです。私、自分で行けたのに」

団長が私のベッドに座る。

「そう言うな。二人でいたいと思ったのは俺だけか？」

「……だけじゃないです」

嬉しそうに団長は私の頭を撫でる。

「素直でよろしい」

「でも、なんで布団を被ってろなんて言ったんですか？」

「マリエルはあんなスラスラと嘘つけるか？」

「無理です」

団長は少し意地悪な顔をして、私の目元を撫でていく。

「それに……顔が真っ赤だ。瞳が潤んでるし、いやらしい匂いもする」

「……嘘でしょ？」

「嘘じゃないさ」

そう言うと、団長は私に覆いかぶさった。私の唇に舌を差し入れ、ゆっくりと絡ませる。団長の手は優しく私の身体をなぞっていく。団長の指先に触れたところから、身体が痺れていく。

「あぁん。だん、ちょう……」

団長は次々に私の服を脱がせていく。脱がせながらも私の乳首を刺激したり、陰核を掠《かす》めるように刺激しながら愛液を溢《あふ》れさせさせる。

「はぁ……んっ！」

「マリエル、声を抑えろ。廊下や隣の部屋に聞こえるぞ。ほとんどの奴は食事に出ているだろうが、部屋に残っている奴もいるだろう」

そうだった。隣の部屋から離れたベッドを使ってはいるが……宿屋の壁なんて薄い。喘《あえ》ぎ声なんて出したら、絶対に聞こえてしまう。

「うっ……んっ」

必死に声を我慢するが、我慢するとその分、身体に快感が溜まってきてしまう。

団長の手は私の身体を這い回り、容赦なく快感を引き出していく。私は必死に耐えていた。

いつのまにか服は脱がされ、パンティが一枚残っているだけだった。団長の手がパンティの中へ入っていく。蜜壺の入り口まで来ると、ヌチャっと音がした。

「やっぱり。よく濡れている」

そう言うと団長は指を膣内に入れてきた。私の膣内を確かめ、孔《あな》を広げるように動く。

「はっ……んぁ……っ！」

声を出したい。辛い。

今度は入れる指を増やし、ずちゅずちゅと音を立て、出入りさせる。同時に陰核も刺激される。

「んっ、くふぅ……っ！　あ！」

気持ちいい。……でも、足りない。もう、あの奥まで全部を擦って、気持ち良くしてくれる団長のを知ってしまったら、我慢できなかった。

「だんちょう、いれてほし……っ！」

「あぁ……」

団長はすでに硬くなった陰茎をズボンから取り出し、徐々に私の中に突き刺していく。前回のような痛みはもうなく、私の中は蠢《うごめ》いて団長の陰茎を迎え入れる。

「はぁ、はぁ……ん！」

「くっ……マリエルの中は最高だな。俺のに絡みついてきて、離さない」

「あぁぁん。だんちょうのも、いいよぉ……」

奥まで入って、私の膣内にぴたっとはまる。私の中はそれを喜んで受け入れた。

団長が軽く腰を揺らし、私の奥を優しくノックする。それだけで、すごい快感だ。

「はぁん、すごい!!　だんちょお……!!」

「あぁ、俺も気を抜いたらすぐに果ててしまいそうだ」

団長はゆっくりと陰茎を抜き挿しする。私は必死に声を抑えて、快感に耐える。

「なんで、そんな……ゆっくり……」

「一秒でも長くマリエルの中にいたい」

「でも、ドリーさんがぁ、帰ってきちゃう……」

「……俺のを咥《くわ》えながら、ほかの男の名前を呼ぶなんて許せないな」

次の瞬間、団長は激しく腰を振り始めた。

「あっ……はぁっ！　やっ、だめぇ」

「マリエル、これ咥《くわ》えてろ…っ」

団長が私の口元にタオルを持ってきた。私はそれを咥《くわ》える。嬌声《きょうせい》はタオルに吸い込まれていく。

奥に先端が当たる度、腰が溶けそうになる。頭が真っ白になる。気持ちいい……

腰を打ち付けられる激しさが増す。身体の中に溜まった気持ち良さが弾けそう……！

「マリエル、出る……っ！」

「…っんんぅ!!」

団長の精液が私の中に吐き出された。あったかい。

気持ち良さでまだ全身がゾクゾクする。団長は私の口に咥《くわ》えさせたタオルを取った。

「苦しくなかったか？」

「ん……、大丈夫」

「……何もかも忘れて、マリエルとただ過ごしたい。朝から晩までこうして挿れていたい」

そう言うと、まだ私の中に入れたままの陰茎をぐいっと奥に擦り付けた。

「あああんっ！」

突然の刺激に思わず大きな声を上げてしまう。

その瞬間、カタっと小さな音が聞こえた気がした。なにか物が落ちたのかと頭の片隅で考える。

団長は気付いてないのか、気にしていないのか、話し続ける。

「すっごい敏感だな」

「今、イったばっかりだからぁ……これ以上はだめぇ……」

私は腰をくねらせる。

「はぁ、おさまらない……。マリエルがエロすぎる……くそっ！　なんでここは宿屋なんだ!!」

「あ、やんっ……！　もぅ……」

とりあえず抜いてほしい。団長の陰茎が動くたびに感じてしまう。

「……仕方ないか」

「あん……」

陰茎を私の蜜壺から引き抜くだけでも僅かな快感が走る。同時に膣内から白濁がどろっと溢《あふ》れた。

「絶対に遠征が終わったら、マリエルと一緒に休みを取ってやる……！」

団長の並々ならぬその意気込みを聞いて、なんだか笑ってしまった。


私たちはドリーさんが戻る前に室内や衣服を整えた。

「団長、私、顔赤くなってないですか？」

「大丈夫だぞ。いつも通り可愛い」

「……か、可愛いは余計です」

「くくっ……すぐに赤くなるもんな」

「もう!!」

「悪かった悪かった。じゃあ、普通に話をして落ち着こうか」

団長はベッドに腰掛ける。私も反対側のベッドに座る。

「遠征はどうだ？　身体は辛くないか？」

「大丈夫です。遠征には慣れてますし。今回は女性が一人もいないので、心細くはありますが、特に不便はありません」

団長は私を優しく見つめる。

「そうだな。マリエルはそこらへんの男性騎士より逞《たくま》しいからな」

「ありがとうございます。……でも、こ、恋人としては逞《たくま》しいと言われるのは複雑ですね」

「そうか？　マリエルのそんなところも好きなんだが」

……好き。そういえば団長って、いつ、なんで私を好きになったんだろう。私は首を傾げた。

「いつから……なんで私のことを好きか聞いてもいいですか？」

「もちろん。マリエルの気がすむまで語ってやる。好きなところなら、一晩中語れる」

「いや、そんなにはいいです」

思わず断る。団長は一瞬少し寂しそうな顔になるが、すぐに優しく微笑んだ。

「そうか？　まぁ、この先ずっと一緒にいるんだ。少しずつ伝えていけばいいか」

この先ずっと一緒……当たり前のことのように話してくれることがたまらなく嬉しかった。

「私を好きだって言ってくれた時、ずっと前からって言ってましたよね？　あれ本当ですか？」

「あぁ。自覚したのは今から六年前の二十歳の頃だが、それよりもっと前から知っていた」

私は驚きで目を見開く。

「今から六年前!?　私、まだ十二歳ですよ!?」

団長は少しバツが悪そうだ。

「……わ、悪いか？」

「いや……ただ驚いてるだけで……」

「別に子供が好きとかじゃないからな！　……マリエルだから、好きになったんだ」

「入団前に団長と会ってましたっけ？」

「会ったこともあるが、ほとんどは一方的に俺が見てただけだな」

「あの……団長が私と出会ったところから教えてもらってもいいですか？」

「わかった」

団長は懐かしそうに目を細めて語り出した。

「俺がマリエルに初めて会ったのは、騎士団に入ったばかり、十四の頃だった。その頃の俺は、騎士団内でいじめられていてな。身体が小さかったこともあって先輩たちの絶好の的だった。普通、公爵家ならいじめられないだろうが……俺は実家から蔑《ないがし》ろにされていてな」

「そんな……なんで」

「我がウィンタール公爵家は強いことが重要視される。生まれつき身体が小さく、弱かった俺は両親から疎《うと》まれていた。身体も大きく力も強かった一つ下の弟を両親は可愛がった」

「ひどい……」

私も周りに馴染めないでき損ないの娘だったが、両親はそんな私も愛してくれた。叱られたことも多かったが、それは私のためを思ってくれたからだとわかっている。

だからこそ、団長の幼い頃を思うと、胸が痛んだ。それでも、団長は笑いながら言う。

「両親のことは何とも思っちゃいない。騎士団長になった今は認めてくれているしな。それに騎士団のいじめといっても、そんな大したことじゃない。訓練をより厳しくされるとか、雑用を押し付けられるとかそんなものだ。それだって今となれば感謝しているくらいだよ」

何事もないように話しているが、当時は辛かったに違いない。私はキュッと唇を噛み締めた。

「そんなある日、俺は先輩たちに迷子の案内を押し付けられた」

それを聞いて、私も幼い頃、迷子になって家まで届けてもらったことがあったなぁ……とぼんやり思った。団長は悪戯な笑みを浮かべる。

「その迷子は『マリエル』という女の子で、エルスタイン伯爵家の御令嬢だった」

「わ、私!?」

目を丸くする私を見て、団長が笑う。

「くくっ。まぁ、あの時はまだ六歳だもんな。覚えてなくても無理はない。先輩たちは俺に泣きじゃくるマリエルを押し付けると、さっさと帰ってしまった」

さすがに一人に押し付けるのはひどい。私は眉間に皺《しわ》を寄せながら、話の続きを待った。

「俺が女の子に名前を聞くと、『マリエル』とだけ名乗った。だから、俺は最初平民の子かと思った。だが、服装は平民とは随分違ったから、金持ちの商家の娘だと結論付けた。そのあたりで有名な商家にはちょうどマリエルと同じ歳くらいの女の子がいてな。そこの子と勘違いした。マリエルを連れて商家に向かおうとしたが、一向に泣き止まないので、菓子を一つ買ってやった。すると、みるみるうちに機嫌が直り、向かう道中であっちに行きたい、こっちに行きたいと俺を振り回した。最初はうんざりしながら付き合っていた俺も『楽しい』『嬉しい』と行く先々でニコニコと笑うマリエルをとても可愛らしいと思った」

　言われてみれば、幼い頃そんなことがあったような気がする。

「その後、商家に着くと、娘は家にいると言われた。そこで、もう一度名前を聞いたら『マリエル・エルスタイン』と名乗るじゃないか。俺は大急ぎで伯爵家に向かったが、もうマリエルは疲れて歩けなくてな。結局はおんぶをして、伯爵家まで送った。マリエルは俺の背中ですぅすぅと寝息を立てていて……誰かの温《ぬく》もりをあんなに近くで感じたことがなかったから、ちょっとした事件だったよ」

　団長は照れたように話す。

「伯爵家に着くと、ご両親が大慌てで出てきてな。マリエルを引き渡すと泣きながら抱きしめた。愛されている子なんだなと思ったよ。ご両親に抱きしめられて、ようやく目を覚ましたマリエルは俺に向けて言ったんだ……『騎士様、ありがとう。大好き』って。子供の無邪気な愛情を向けられただけだとはわかっていたが、まともに愛情を受けなかった俺には人生を変えるほどの衝撃だった。この子を守りたい、と思った。今まで騎士になる上で目標もなく、自分を諦めて生きてきた俺の初めてできた目標だった。その日から、マリエルが笑って暮らせる国を守ること、それが俺の生きる意味になったんだ」

　私は泣いていた。十四になるまで、誰にも愛された実感がなく生きてきたなんて、どんなに辛かっただろう。家族にも愛されず認められず、騎士団でもいじめられるなんて……そんなの辛すぎる。

「泣くな。俺とマリエルの初めての出会いだ。幸せな思い出なんだ」

「ぐすっ……だって……。でも、私、少し思い出しました。小さい頃、よく会いに来てくれてた騎士様がいて……あれって団長ですよね？」

団長は目を見開く。

「覚えててくれたのか……！　実は迷子で送り届けた時にご両親にも随分と感謝されてな。改めて遊びに来てくれと言われ、もう一度マリエルに会いたかった俺は、図々しくも後日訪問したんだ。するとマリエルとフィリップが俺に剣を教えてほしいと言ってきてな。実際に剣を持たせるわけにはいかないから、庭の木の棒を拾って、騎士ごっこをして遊んだ」

フィリップは私の兄だ。今は王宮で司書官をしている。運動は得意ではないが、身体を動かすのが好きなので、よく私と遊んでくれた。

小さい頃、何度か兄と騎士様と遊んだ記憶があった。とても楽しかったことを覚えている。でも、突然来なくなったはず……。当時はそれが悲しくて泣いたが、お母様に仕方ないのよ、と言われた。

「騎士様は、いつからかぱたっと来なくなりました」

「魔獣討伐が始まったんだ。前回の討伐は王家の依頼によるものだった。度重なる台風や天候不良による作物の不作に加え、南では感染症が流行《はや》り、多くの国民が亡くなった。王家は魔女に天候操作と感染症に効く魔法薬の精製を依頼した」

「その時はどのくらい魔獣が発生したんですか？」

「八百匹弱だな」

「そうだ。だから、魔獣戦は二年にも及んだ。それに魔獣は一気に発生したわけではなく、終わったと思ったらまた発生し……それを何回も繰り返した。同時に通常の騎士団業務もあったから、あの二年間はどの騎士もほとんど休みが取れなかった。もちろん俺も例外ではなく、マリエルに会いにいけなくなったんだ」

「すごい数……」

その時、扉がノックされた。

「ジルベルト、買ってきたぞ」

団長が扉を開けて、夕飯を受け取る。

「ありがとう」

ドリーさんが中を覗き込み、私とぱちっと目が合う。

「マリエルは――……って、起きたのか」

「は、はい。ご心配おかけしました」

「今は前回の魔獣討伐の話をしていたんだ。ついでにドリーも前回の参加者だぞ」

「そうなんですか？」

「おうよ。こいつと背中を預け合った仲だぜ。そこからマブダチだ」

ドリーさんはそう言って、団長の背中を叩いた。

「ほんと調子がいい奴だ。討伐に行くまでは俺を毛嫌いしてたのに」

「そんなことあったか？」

とぼけた顔のドリーさんを見て、団長は呆れたようにため息を吐いて、鼻で笑った。

「ふふっ。団長とドリーさんは本当に息がぴったりですよね。以前、二人が組まれてた模擬戦なんて、私見てて惚れ惚れしました」

「まぁな。でも、マリエル、俺には心に決めたハニーがいるからよ、惚れるなよ」

ドリーさんは私にウインクを投げる。ちょっと団長の前でそういうことしないでほしい。

「……惚れるはずないじゃないですか」

「全く冗談が通じない奴だな。あ、でも、ジルベルトなら惚れてもいいぞ。初恋の女を諦められず、いまだに一人だからな。婚約者がいる女なんかに恋して不毛だよ。俺なら絶対にごめんだね」

団長は少し顔を赤くしている。

「お、お前と俺を一緒にするな」

「はいはい。いつか童貞捨てられるといいな」

「ドリー!!」

「あ、マリエルの前だったな。すまん。でも、マリエル、そういうわけだから安心して大丈夫だぜ。こいつ、初恋相手にしか勃《た》たないらしいから。じゃ、俺は寝るぜ。隣の部屋だから、なにかあったら声かけてくれ」

「ドリー。お前は誰と同室だ？」

「アランだが？」

「そうか……夕飯ありがとうな。また明日」

扉が閉まったと同時に、部屋が沈黙に包まれる。

「えーと……婚約者がいる初恋相手っていうのは――」

「マリエルだ」

「……団長、童貞だったんですか？」

団長は何でもない顔をしてるが、耳が赤い。

「……もう童貞じゃない」

「私としたから？」

団長が恥ずかしそうに頷いた。

「……信じられません！　絶対嘘です！　童貞なのに、なんであんなにいろいろ知ってるんですか!?　テ、テクニックもすごかったし！」

「それは……勉強した。それに俺のテクニックよりもマリエルのエロすぎる身体のほうが問題だ」

私は思わず立ち上がって否定する。

「エロすぎるって……そんなんじゃありません!!」

「いや、マリエルはエロい。俺は理性を保つのに、いつも必死だ」

「……っ!!　そんなの知りません！」

団長は私に近づき、肩を押して座らせた。

「まぁ、そう怒るな。ほら、夕飯だ。ちゃんと食べろ」

団長は私の隣に腰掛けて、鹿肉のサンドイッチと果実水を私に渡した。

「あの、さっきの続きですが、討伐が終わった後は会いにきてくれなかったんですか？」

行儀は悪いが、私たちは話しながら食べ始めた。

「会いにいったさ。でも、マリエルは俺のことを覚えていなかった。討伐に参加したその二年間で俺の身体は大きく変わっていた。背は伸び、筋肉が付いた。気付かないのも無理はない」

「……でも、ちゃんとおかえりって言いたかった、な」

「あぁ。ありがとう」

「その後は会いにこなかった？」

「そうだな。マリエルと会うことはできなかった。安易に近づいてはならないと自制したんだ。それに、ある日、庭でお茶会を開いて、婚約者を楽しませようと頑張るマリエルを見て……そいつが好きなんだと思った。こまめに自分から彼に手紙を出してたろう？」

婚約が決まってから、定期的にルブルス様とお茶会をするようになった。私は将来この人と結婚するなら、仲良くならなきゃ！　と思って、楽しませようと頑張ったのだ。しかし、ルブルス様は私が言うことや、やることをただ微笑んで見ているだけだった。今思えば、その微笑みや言葉は機械的なもので、私のことはほとんどその瞳に映ってなかったんだとわかる。団長が私に向ける眼差しや、優しい言葉と全く違うもの。

「私、本当に好きじゃなかったんです。でも、令嬢として不出来な私が家のために役に立てるとしたら、両親が決めた婚約だけだったから、それだけはしっかりやろうと思ったの。だから、自分からお茶会によく招いたり、あんまり間が空きすぎないように気を遣いながら、手紙を書いてた。でも、好きだなんて感じたこと、一度もなかったです」

団長は私を優しく見つめながら話す。

「そうだったんだな……真面目なマリエルらしいよ。今ならそうだとわかるのに、俺はその行動こそがマリエルの本心なんだと思い込んだ」

「でも、お茶会はともかく、なんで手紙のことまで知ってるんですか？」

「あぁ、フィリップから聞いてたからな」

私は思わず握っていたサンドイッチを落としそうになる。

「え、兄様から？　団長が兄様と連絡を取ってた？」

「今でも時々会っているぞ」

「そうなの!?　そんなの全然聞いてない!!」

「それはそうだ。俺もフィリップも言ってないからな」

「教えてくれたら良かったのに……」

団長はもう食べ終えていた。早い。

「フィリップはマリエルよりも四歳も上だから、俺を覚えていたんだよ。その後、司書官にもなって、職場も近くて会いやすくなったし」

「なんか、仲間はずれにされていた気分です……」

団長は困ったように笑う。

「そう落ち込むな。マリエルには婚約者がいるのに、友達だからって会えないだろう？」

「はい……」

「過去がどうであれ、今、マリエルの隣にいるのは俺だ。そして、これからもこの位置を誰にも譲る気はない」

「……私も団長の隣にいたいです」

サンドイッチを食べ終えた私は、団長の肩にこてんっともたれ掛かった。

「迷子になったあの日、団長と出会えて、よかったです」

「あぁ、あれは俺の人生で最大の幸運だったと思う。一人置いていってくれた先輩方に感謝だな」

「でも、その時に好きになったんじゃないんですよね？　さっき二十歳の時にって言ってたし」

「あぁ、振り返ってみると、最初から惹かれていたんだとは思うが、さすがに六歳だったしな」

団長は苦笑する。確かに六歳に恋する十四歳はなかなかいないだろう。

「二十歳の時はどこで会ってますか？」

「王宮だ」

「王宮……もしかして交流会ですか？」

「そうだ。俺は副責任者として警護に就き、王宮内を巡回していた」

貴族交流会は、社交界に入る前の令息令嬢が集まり、年に二回、交流を図る場だ。社交界の練習と言っても過言ではない。十二歳から十五歳まで参加が可能で、その後社交界に本格的にデビューすることになる。

「私、貴族交流会には二回参加していますが、……最後に参加した交流会でお話しした騎士様がいらっしゃいましたけど、まさかあれは団長じゃないですよね？」

私は、団長の瞳を覗き込む。団長はニヤリと笑う。

「俺だが？」

「え⁉　だ、だって、髪の毛が……」

「あの時は面倒で髪をずっと伸ばして、長髪だったからな」

私は一瞬言葉を失った。

「団長が憧れの騎士様だったんだ……」

団長が訝《いぶか》しげな顔をする。

「憧れの騎士様？　何だそれは？」

ずっと探してたのに見つからなかった憧れの騎士様が団長だなんて……一人でドキドキしてくる。

「私が騎士団に入ろうと思ったのは、憧れの騎士様……団長がきっかけなんです」

「……俺が？」

私は頷いた。団長はわけがわからないという風に眉を顰《ひそ》める。

「私はあの日、交流会で嫌なことがあって、すごく落ち込んでたんです」

あの日は、私の転機となった日だ。

二回目の交流会、私は他の令嬢から嫌がらせを受けていた。元々お茶会で馴染めていなかったせいもあるが、主な原因はルブルス様だ。ルブルス様は人気の令息だった。儚げな美少年といったルブルス様の容姿は、他の令嬢には天使のように見えたらしい。私が二回目の交流会に参加した時にはすでに彼の婚約者が冴えない私であると知られていた。

交流会ではあからさまに足を引っ掛けられそうになったり、紅茶をかけられそうになったり、陰口を叩かれ続けた。しかも、いじめを躱《かわ》したり、根も葉もない噂に反論したこともよくなかったらしく、彼女たちの嫉妬心に火をつけたようだった。ルブルス様も気付かないのか興味がないのか、交流会中に私に歩み寄ることはなかった。

それに比べ、一緒に参加したはずの姉はすっかり周りに馴染んでいた。美しい姉は多くの令嬢や令息に囲まれていた。中には姉と私を比較し、憐れむように見る者もいた。

別に自分の容姿が冴えないことは理解していたけれど、どこにも自分の味方がいないというのは辛かった。今後もこんな中で過ごさなければならないと思ったら、息が詰まりそうだった。同時に上手く周りと馴染めない自分にも嫌気がさした。みんなが私を否定する……自分の居場所はどこにもないような気がした。

「もう交流会が嫌になって、誰も来ないような会場から少し離れた庭の奥に逃げました。ぼーっとしながら、これからこの世界で生きていかなければならないことにうんざりしてたんです」

団長は私の手をギュッと握る。

「覚えている。俺が知ってるマリエルはいつもニコニコ笑っていたのに、この日だけはどこか寂しそうな顔をしていた」

「……そこで団長に会いましたよね。団長は私に声をかけてくれました。『なにか辛いことでもあったか？　力になれることはあるか？』と」

団長は少し驚いた顔をした後に微笑んで言った。

「あぁ、マリエルの辛そうな顔を見たら、話しかけずにはいられなかった。突然知らない騎士にそんな風に言われて、マリエルは戸惑っていたようだった……なのに、突然笑い出したんだ」

「はい。なんで、この騎士様は私を心配してるんだろうって……変な騎士様だなって思いました。でも、今この王宮で誰も味方なんかいないと思ってた私には、その言葉が涙が出るほど嬉しかった」

その時のことを思い出して、胸が温かくなる。

「そうか……」

「なんでそんなに心配してくれるのかと聞いたら、『一目惚れでもしたかな』と冗談を言って」

「冗談ではないけどな。交流会のために装ったマリエルは本当に可愛らしく……そして、美しかった。まるで花の妖精のようだったよ」

団長は私の頬を撫で、額にキスを落とした。

「ありがとうございます……。あの日は皆、私を『美少年の婚約者』もしくは『美少女の妹』としてしか見ていなかった。あの時、私は団長と話して初めて私自身を見てもらえた気がしました。将来に希望が見出せなかった私がなんで騎士をやっているのか尋ねると、団長は『守りたい子がこの国にいるから』と言ってましたよね」

団長は私の髪を一房取り、指に絡ませる。

「あぁ……目の前にいる女の子のことだったんだけどな」

「ふふっ、そんなこと思いもしなかった。ただ、私はそれを聞いて、その子が羨ましいな……と思いました。こんなにかっこいい騎士様に想ってもらえるなんて、なんて幸せな子なんだろう、と。それと同時に私も誰かの力になりたいと思いました。守りたい子がいると語った団長の目は綺麗で、真剣で、本気なんだなって感じて。私もこんな風に強くなりたいと」

私は団長の瞳を正面から見つめた。あの頃と変わらない真っ直ぐで強い瞳。

「マリエルは『私も誰かの力になりたい』と言ったな」

「はい。そしたら団長は『もう君に助けられてる人がいる』と。団長のこと、だったんですよね？」

私が首を傾げると、団長は照れたように頷いた。

「あぁ。その人はどこにいるのかと聞くから、君の近くにいると教えたろう？」

「はい。でも、まさか目の前の人だなんて。その時の私を慰める嘘なんだろう、と思いましたけど……それでもいいやって。それなら、その人のためになにかしたいなって願ったんです」

団長は顔を上げ、少し困ったような顔をした。

「それで騎士団に？」

「えぇ。どこの誰かわからないけど、国民のために戦えば、その人も守れる……と思いました。それにその時の騎士様にも興味がありました。私に目標をくれたこの人の近くにいたいって」

「そんな風に思ってくれていたとは……」

「ふふっ。だから、憧れの騎士様です」

団長は私の手に指を絡ませる。

「俺は辛いことがあっても、誰かの力になりたいと願うマリエルが美しいと思った。もう認めるしかなかった。この子を愛しているんだと」

団長は苦笑を漏らす。私は団長に応えるようにその手をぎゅっと握った。

「団長は、この優しい手で私の手を包んでくれました」

「そう……手に入ることがないとは知っていても、僅かな温もりを求めてしまった」

私は団長の手を口元に持っていき、キスをした。

「嬉しかった。あの時団長がくれた僅かな温もりは、その日、交流会で冷えた私の心を溶かしてくれました。団長はすぐに任務に戻ってしまったけど、私はしばらくあそこで手の感触と温もりを思い出していました」

団長も私の手にキスを返してくれる。

「俺も握った手の温もりと感触を思い出していたよ。あわよくば、また触れたいと、いつも」

「私たち一緒だったんですね。知らないうちにお互いを守りたいって思ってた」

「本当だな。……でも、そんなに覚えてるなら、髪型が変わったくらいでわからなくなるか？」

団長が意地の悪い顔でこちらを見る。

「うっ……それはそうですけど。な、なんというか……人相が違いましたよ？　騎士様の時はふんわり優しく笑ってくださったのに、騎士団の団長はいつも眉間に皺《しわ》を寄せて、険しい顔ばかりで。髪型も全く違ったし、似てるとは思ったけど、同一人物なんて思いませんよ」

「まぁ、それもそうか。俺は一年後、マリエルが騎士団に入ってきて、本当に驚いたんだ。しかも、俺が団長就任一年目で……あ、髪は就任式の前に切ったんだ」

私は入団時のトレーニングを思い出して、苦い顔をした。

「団長、すごい厳しかったです。あのトレーニング、死ぬかと思いました」

団長は声を出して笑った。

「あぁ、あれな。実はマリエルを騎士団から追い出したくてやったんだよ」

私は思わず立ち上がりそうになる。

「え!? ひどい!! なんですか、それ!!」

団長は私の肩を掴《つか》み、座らせるとギュッと肩を抱いた。

「守りたいと思ってた子が危険な騎士なんかになるって言うんだ。そんなの辞めさせたいに決まってるだろう。だから、音を上げて逃げ出すように、入団時のトレーニングを厳しくした。結局マリエルは逃げ出さなかったがな」

私を想ってくれたのは嬉しいが、当時は本当に辛かった。なんとも言えない気持ちになる。

「まぁ、元々厳しいのは覚悟してましたし、絶対騎士になりたかったので」

「自分で酷《ひど》いトレーニングをしておきながら言うのもあれだが、過酷な訓練に耐え抜くその姿も美しかったし、逃げない強さにも一段と惚れた」

「もう……。すっかりあのトレーニングが入団時の通過儀礼になって、みんなが可哀想です」

眉根を下げて私が指摘すると、団長は何ともない顔で言った。

「そんなことないぞ。騎士団の基礎力向上に繋がっている」

団長は本当に楽しそうに笑う。騎士団にいる時とは違って、普段の団長は本当に表情が豊かだ。これからもずっと団長の隣で、もっといろんな表情を見つけていきたいな……

私は団長の腕にぎゅっとしがみついた。

「団長。私、団長と出会えて本当に良かった。……これからも隣にいていいですか？」

「あぁ。ずっと……ずっと一緒だ」

その日の夜、私たちは一つのベッドでただ抱きしめ合って、眠りについた。


おおむね行程は予定通りに進み、北の大地に入った。ラボラの森には明日中に到着できる見込みだ。野営も始まった。団員が持ち回りで夜の見張りを担当する。

野営最終日の見張り、同じ時間帯を担当することになったのは、アランだった。

私たちは焚き火の近くに座っていた。今はそんなに寒くない時期だが、夜は冷え込む。

お互いに他愛もない話をポツポツとする。しばらく会話が途切れた後、アランが話し出した。

「……マリエルさんの好きな人って団長ですか？」

「え!?　ど、どうしたの急に？　な、なんで？」

「その反応、やっぱりそうなんですね……。王都にいた時は団長が訓練に出るのも少なくて気付かなかったけど、遠征が始まって、もしかしたらって思いました。マリエルさん、団長のことよく見てるし。けど、そんなのあり得ないって自分に言い聞かせてた。でも……この前の宿屋で誰かと泊まるってなった時にマリエルさんは迷わず団長を選んだ。それでも、どうしても信じたくなくて、みんなが食事に行っている間も隣の部屋で様子を窺ってました」

最悪だ。あの時にアランが隣にいたなんて。……声も抑えてたし、大丈夫だと思いたいけど――

「……な、何か聞こえた？」

「ほとんど聞こえなかったけど、一回だけ。マリエルさんの……喘《あえ》ぎ声のようなものが」

「あ……えっと、それは――」

なんて答えればいいのかわからなくて、軽くパニックに陥る私の背後でザッと足音が聞こえた。

「やっぱり聞いてたんだな」

振り返ると、団長がいた。普段通りの団長に私の心には安心感が広がっていく。

「……っ。俺はマリエルさんが団長に脅されてるんじゃないかと心配しただけです!!」

団長は鼻で笑う。

「で、どうだった？　乗り込んでこなかったってことは、喜んで抱かれてると判断したのか？」

アランは今までにない低い声で答える。

「元々マリエルさんが団長を気にしてることはわかってたんだ。その声で判断したわけじゃない」

団長はアランの普段と違う様子にも動じない。

「で、お前は何を聞きたいんだ。さすがにわかったと思うが、俺とマリエルは付き合ってる。魔獣討伐が終われば婚約して、騎士団のみんなにも話すつもりだ。俺はマリエルを愛してるし、マリエルも俺を愛してくれている。お前の付け入る隙などない」

アランが急に立ち上がる。

「団長の言うことなんて信じない！」

「アラン、私に聞いても同じよ。私は団長を愛してるし、婚約の約束をしてるのも本当」

「……っ！　なんで俺じゃダメなんですか!?　俺の方が若いし、将来有望です！　確かに団長はかっこいいけど、俺だって負けてない！　剣の腕だってすぐに団長を追い抜くはずだし、マリエルさんが強い奴が好きなら、俺がこの国で一番強くなる。約束する！」

そんなのを約束されても私がアランになびくわけなんてないのに、勘違いもいいとこだ。

「大体、団長は公爵家で……身分だって釣り合ってないじゃないですか！　マリエルさん。俺にしてください。絶対に幸せにしてみせますから！」

団長のことも私の想いも何も知らないくせに自分の想いだけ押し付けてくるアランに腹立たしさがこみ上げる。私が好きなら、こんなこと言うはずない。つい反論する私の声も大きくなる。

「私たちのことを何も知らないくせに、好き勝手言わないで！　釣り合ってるかどうかなんて、アランに判断される話じゃない。何が幸せかどうかは私が決める。それに私は幸せにしてほしいんじゃない。一緒に幸せになりたいの、他の誰でもないジルベルト様と一緒に」

アランは俯《うつむ》いて、拳を硬く握りしめている。そして絞り出すように声を出した。

「……なんで、ずっと好きだったのに。こんなに好きになったのは初めてなのに」

私は立ち上がって、アランにしっかりと向き合った。

「ごめんなさい。アランの気持ちには応えられない」

呆然と立ち尽くしていたアランだが、しばしの沈黙の後、ようやく口を開いた。

「……ちょっと気分が悪いので、今日は休ませてください。失礼します」

一言断ると、アランは足早に行ってしまった。

「アラン……」

団長は短いため息を吐く。

「見張りが一人いなくなったから、仕方ない。俺がやるか」

そう言って、焚き火の近くに腰を下ろす。

団長は見張りなんてする立場になかったが、私は甘えることにした。もう少し団長といたかった。

「……アラン、大丈夫ですかね」

「大丈夫じゃないだろう。あいつは魔獣討伐から外し、裏方に回す」

「……え!?　……それって編成的に大丈夫なんでしょうか？」

団長はじっと炎を見つめて話す。時々爆《は》ぜながら、パチパチと火花が躍っている。

「どうだろうな。でも、あんな心持ちのままで行ったらあいつは死ぬ」

死ぬ……だなんて直接的な表現をされて、ドキッとする。でも、きっと大袈裟《おおげさ》でも、脅しでもないんだろう。少し浮ついていた気持ちがズンと重くなるのを感じた。団長は私を見つめる。

「マリエル、魔獣は本当に危険だ。心を乱すな。迷うな。魔獣討伐では目の前のことに集中しろ」

「はい」

「今まで厳しい訓練や練習を重ねてきた自分を信じろ」

「はい」

「たとえ魔獣が倒せなくてもいい。何よりも自分の命を優先するんだ」

「何よりも……」

「そう、たとえそれが俺の命よりも、だ」

「そんなの嫌です!!」

「大丈夫、俺は強い、俺は死なない。だから、マリエルは自分を一番に考えてくれ。それが俺のためになる。マリエルが無事なら、俺は強くなれる」

団長は私を安心させるように、両手で私の顔を包み、フッと笑ってくれた。その笑顔に心が落ち着いていく。

「団長も無事でいてくださいね……」

「あぁ。討伐が終われば、約束の蜜月だからな。そんなご褒美を前に死ぬわけにはいかない」

私が真面目に言っているのに、団長はニヤリと笑う。

なんで、こんな時にそんなことを……若干呆れながら、私はじとっと団長を見た。

「……前から思ってたんですけど、団長ってすごいエッチですよね」

「俺からすれば、マリエルのほうがずっとエロい。快楽に弱いし、いつも俺を誘惑して」

「……っ！　エロくないってば!!」

「それに、俺に関しては、男はみんなこんなもんだろ？　他の奴と違う点があるとすれば、マリエルにしか勃《た》たないことじゃないか？」

「そんなことあります？」

私は疑いの目線を彼に向ける。そんなの聞いたこともないもの。

「あるんだ。ドリーも言ってたろ？　実は娼館《しょうかん》に無理矢理連れていかれたことがあるんだ。俺も自分で処理したりしてたから、普通にできると思ってた。だけど、勃《た》たなかったんだ。マリエルを思えば、普通に抜けるんだがな」

驚愕だった。

そして思った。私にしか勃《た》たないというのは、公爵家嫡男として、致命的だったのではないかと。

「団長……それってご実家的にはすごく困ることでしたよね？」

「あぁ、致命的だな。だから、爵位を弟に譲るか、弟の子を後継に指名しようと思っていた」

「……ご両親はなんと？」

「父親にしか言ってなかったが、聞く耳持たず、だな。さっさと誰か連れてこいと言っていた」

「ご両親が婚約者を決めたりはされなかったんですね」

団長は困ったように笑った。

「我が家は強いことが重要視されていると言っただろう？　強い子を産むには強い女性がいいと、家格などどうでも良いからさっさと騎士団の中から気に入った女性を連れてこいと言われていた」

家格を重視してないと聞いて、若干の期待がよぎる。私は緊張しながら、尋ねた。

「じゃあ、私でも……」

団長は微笑んで答えてくれる。

「あぁ、マリエルは貴族出身なのに優秀な女性騎士として有名だからな。両親も喜ぶだろう」

嬉しかった。私と団長が結婚するとしたら、一番の問題は家格が釣り合わないことだと思っていたから。でも、団長の言ってることが本当なら……

「私でもいいんですね……」

私は噛み締めるように呟く。

「マリエルじゃなきゃ駄目なんだ」

嬉しい……何もかも上手くいって不安になるほど。本当に団長のお嫁さんになれるなんて。

「……私、こんなに幸せでいいのかな？」

「まだ婚約も結婚もしてないのに何言ってるんだ。これからもっともっと幸せになろうな」

私は交代の時間が来る少し前まで、団長の肩にもたれかかり、赤々と燃える炎を見つめ、その幸せを噛みしめていた。

翌日の昼間には無事に拠点に到着した。すでに森に入っていた先遣隊としばしの間、再会を喜ぶ。しかし魔獣討伐については、あまり状況は芳《かんば》しくないようだ。

約二十四までは順調に数を減らすことができたのだが、残りはより進化を遂げた魔獣で、力の強さもスピードも今までの個体とは違い、手こずっていた。その魔獣は猪が進化した個体らしいのだが、背中に装甲のような硬い鱗を背負い、弓矢や剣は通らない。斧でようやく破壊できる。腹側には鱗がないので、弓や剣でも攻撃が可能らしいが、弱点を見せることはほとんどない。

今回は、剣・斧・弓を一人ずつ三人一組を複数組編成し、討伐にあたることになった。一組あたりの人数が少ないが、それ以上になると、魔獣が警戒して動かなくなると先遣隊長の指摘があったためだ。魔獣には多少知能があるようだった。

結局、アランは正式に討伐隊不参加となった。私はその場に立ち会っていないが、相当にアランは反抗したらしい。しかし、団長は頑なに参加を許可しなかった。

出発は翌日の早朝となった。これから魔獣討伐が始まるが、深追いは禁物、誰か一人でも怪我をすれば戻ること、一旦三日後に必ず報告に戻ることが義務付けられた。

私はドリーさんの隊に入ることになった。ドリーさんが隊長で、剣。私の同期のルーカスが斧。そして、私が弓だ。ドリーさんも、ルーカスも、私以上の実力者だ。正直、他の隊より強いと思う。編成を決めたのは団長だから、できる範囲で私を守ろうと配慮してくれたんだろう。それを私はもちろん受け入れた。団長が私を守ろうとするのは、私の力を信じていないわけじゃない。本当に私を失いたくないからだと、もう知っているから。

出発の日、私はまだ深夜ともいえる時間に目が覚めた。周りはまだ暗い。私の他にも目覚めている人がちらほら見える。私は拠点のテントを覗いた。

テントの中には団長が一人で机に突っ伏して寝ていた。すぅすぅと寝息を立てている。

私は団長を起こさないように近づく。テントの端に積み上げてあった毛布を一枚取って、団長の肩に掛ける。私は隣の椅子に座って、団長の顔を見つめた。

長い睫毛《まつげ》に、凛々《りり》しい眉毛……すっと高い鼻、少し薄く整った唇。なんて、綺麗な顔なんだろう。この人が私の恋人だなんて信じられないな……でも、間違いなく私の恋人で、私の愛する人だ。

つい嬉しくなって、漏れた微かな笑い声に気付いたらしく、団長が目覚ました。

「ん……？　マリエル？」

目を擦り、少し寝癖のついた顔でぼんやりとこちらを見る。なんだか、可愛いな。

「すみません。起こしちゃいました？」

「いや、大丈夫だ。……いつの間にか寝てしまったようだな」

「他の皆さんは？」

「一旦仮眠をとるように伝えた」

「そうなんですね。テントに誰も居なかったので、入っちゃいました」

団長が時計を確認して、伸びをする。

「そうか。でも、皆そろそろ戻ってくる時間か」

「じゃあ、私行きますね。少しでも団長の顔が見られて嬉しかったです」

私が立ち上がると、団長も立ち上がり、私の手を掴《つか》んで引き寄せた。ぎゅっと抱きしめてくれる。

「団長っ！　人が来ちゃいます……」

「少しだけ……」

団長は私とおでこを突き合わせると、私の瞳を見つめて言った。

「マリエル、どうか無事で」

「……はい。団長も」

私たちはそっと唇を合わせ、お互いの温かさを確かめ合った。

「マリエルとルーカスが俺んとこの隊員なんて、俺は運がいいな！」

ドリーさんは早朝だというのに、テンションが高かった。一方でルーカスはまだ眠そうだ。

「……ドリーさん、元気っすね」

「あぁ！　早く戦いたくてウズウズしてるぜ！　お前ももう出発なんだから、シャッキリしろよ」

「はいっす」

「じゃ、冗談はさておき、改めて確認な。基本的にマリエルは後方支援や魔獣の足止め、その隙をついてルーカスが鱗を割れ。その後に俺がとどめを刺す。あとは臨機応変に対応ってとこだな。お前たちなら実戦経験もそこそこあるし、三人で魔獣一匹なら問題なく倒せるだろう。問題は魔獣に囲まれた時だが、絶対に無理をするな。無理だと思ったら逃げろ。あと、逃げる場合は青陽石《せいようせき》の洞窟に逃げ込むのも有効だからな。あそこには魔獣は近づかない。いいな？　慎重すぎるくらい慎重に行動しろ」

しばらくして号令がかかり、私たちは森の中に入っていった。

もうかれこれ三時間は歩き続けているだろうか。鬱蒼《うっそう》と茂った葉で、あまり陽の光が入らないせいなのか、足元は少し湿っている。ただ、ぬかるみはなく、足元は悪くない。注意深く歩けば音は出ないだろう。これなら十分に魔獣とも距離が取りやすい。

その時、後ろでガサッと葉が揺れる音がした。振り返るとリスがこちらを見て首を傾げている。

「……リス、か」

「なかなか出てこないっすね」

「この広い森で二十四しかいないんだ。そう簡単に出会えないさ。一日に一匹仕留められたらいい方だろ」

私は後ろでドリーさんとルーカスが話している内容をぼんやりと聞く。何か違和感を覚える。先ほどまで私たちの様子を窺っていたリスは音もなく走り出す。……音も、なく？

「……っ!!　います!!」

私はそう叫ぶと、後ろに飛び跳ねた。その瞬間、魔獣が木の陰から飛び出してきた。避けていなかったら、私が危なかった。

ドリーさんもルーカスも魔獣から距離を取る。

睨み合いが続く。魔獣は近くのルーカスに焦点を合わせている。私はじりじりと距離を取った。離れすぎず、近すぎず、適切な距離を取った私は魔獣の前足に向けて、矢を射る。前足に矢が刺さった魔獣は怯《ひる》んで、一歩下がった。その隙を突いて、ルーカスが走り飛び、真上から背中の鱗に向けて、思いきり斧を振り下ろす。鱗は割れ、柔らかそうな毛に包まれた魔獣の背中が現れた。

魔獣はやられてたまるかとばかりに咆哮《ほうこう》をあげ、ドリーさんに突っ込んできた。ドリーさんはそのまま魔獣に向かって走り、魔獣の手前で跳ねたと思ったら、魔獣の背中に蹴りを入れた。ドサッと前に体勢を崩したところをすかさず背後から斬りつける。

……魔獣はそのまま動かなくなった。

ドリーさんは剣に付いた血をぴゅっと払うと、ニカッと笑った。

「ふぅ。とりあえず一匹目だな」

「お疲れさまっす……っと！」

ルーカスは斧を振り上げて、確実に魔獣の頭を落とした。

「今回はマリエルに助けられたな、ありがとう。ルーカスも素晴らしい動きだった」

「うっす」

「誰も怪我してないよな？　じゃ、じゃんじゃん行くぞー」

ドリーさんの意気込みとは裏腹に討伐一日目はもう魔獣に会うことはなかった。

二日目も一匹仕留めたが、ほとんどルーカス一人で仕留めたようなものだった。どうも鱗の薄いところに斧が当たったようで、中の臓器にまでそのまま達していた。ドリーさんは活躍の場がなかったとその日ずっと嘆いていた。

三日目は一旦拠点へ戻る日だ。私たちは来た道を辿り、拠点へ向かっていた。

昼過ぎに途中見つけた青陽石の洞窟で休憩を取り、出発する。先頭を歩くのはドリーさんで、最後尾は私だ。洞窟を出て、三十秒ほど歩いた時、ドリーさんが叫んだ。

「来るっ!!」

叫んだと同時に魔獣が真横から突っ込んできた。

ルーカスの身体がいとも簡単に吹っ飛ぶ。斧が宙を舞い、地面に刺さる。

「ルーカスっ!!」

魔獣はその場で再び咆哮《ほうこう》を上げると、私に向かってきた。

この魔獣……昨日までに遭った魔獣より、大きい……！

「マリエル、走れ！　さっきの洞窟まで!!　あとで必ず迎えにいく!!」

ドリーさんの声を聞きながら、必死に足を動かす。さっきの洞窟まで行ければ……!!

魔獣の重い足音が後ろから迫ってくる。私は一心不乱に洞窟を目指す。洞窟は見えている。でも、すぐ近くのはずなのに、なかなか辿りつかない。

足が重い……でも、走らなきゃ！　今まであんなに走り込んできたんだ……大丈夫。できる！

必死で足を動かし、後ろで魔獣が不満そうに鼻を鳴らすのが聞こえた。気付くと、私は洞窟の中に入っていた。

魔獣は洞窟の前をウロウロとしていたが、そのうち諦めたように離れていった。

やった……逃げきった……

息が、苦しい。私は水を喉に流し込み、ゆっくりと呼吸を整えた。

ルーカス、大丈夫かな……？　すごい勢いで飛ばされていたから、打ちどころによっては――

……いや、大丈夫だ、きっと。ルーカスはよく鍛えている。そう簡単に死ぬはずない。

きっとドリーさんが拠点に連れ帰ってくれているに違いない。ドリーさんならルーカスをおぶって拠点まで戻ることもできるはず。ここから拠点までは四時間もあれば着く。

でも、ルーカスを背負っているし、途中に魔獣と出くわせば魔獣が去るのを待たなくてはならないから、かなりの時間がかかるだろう。

今が昼過ぎだから、今日中にドリーさんたちが拠点に戻れれば良い方だ。暗闇の中、すぐには拠点を出発できないから、ここへ向かうのは早くても明日の早朝になるだろう。

万が一、ドリーさんやルーカスが拠点に戻ることができなくても、おそらく捜索はされるだろうから、魔獣がいる限りこの中で過ごすのが安全だ。一人で拠点へ戻るのは得策じゃない。

持ち物を整理し、洞窟の中で使えるものを確認する。大丈夫……絶対に団長が見つけてくれる。

洞窟で一晩過ごすのだって初めてじゃない。携帯食もまだある。弱気になっちゃいけない。

しばらく時間が経ち、外は徐々に暗くなってきた。私は再び外を確認する。

……また魔獣が戻ってきてる。それに加え、もう一匹魔獣が見える。

注意深く見てみると、その少し奥にも二匹。少なくとも四匹の魔獣が潜んでいるようだ。

そこで私はある一つの可能性に気付く。……これは魔獣が仕掛けた罠《わな》なのかもしれない、と。

あれから観察してわかったのは、ここにいる魔獣は全部で五匹。普通の魔獣より二回りも大きいあの魔獣が統率を取っているようだった。事前に知能が発達してるとは聞いていたが、ここまでとは思わなかった。

拠点にこの事実を伝えたかったが、洞窟から出ることができない私にはなす術《すべ》もなかった。

せめてできることと言えば、この洞窟から魔獣を観察すること、そしてこちらに向かう団員がいればいち早くこの事実を伝えることだ。

今の時間帯に助けにくることは考えにくいが、この近くを通って拠点に戻ろうとする団員がいるかもしれない。そう思うと気を抜くことはできなかった。

しかし、結局その日に誰かが来ることはなかった。

常に緊張状態を保っていたせいで、限界を迎えた私はその夜、気を失うように少し眠った。

どれくらい眠っていただろうか。五分か、いや、何時間も眠っていたような気もする。

ドリーさんたちは無事に拠点に着いただろうか。寝起きで張りつく喉を潤すために水筒の水を飲みながら思った。

洞窟の中から外を窺うと、少し空が明るくなってきていた。早朝のようだ。

もしドリーさんたちが無事に拠点に着いているとしたら、私を探しにくるのは陽が上がってからだろう。視野が確保できない夜に捜索に出るのは危険だ。団長もきっと心配しているだろうけど、さすがに夜に拠点を出ることは許可しないはずだ。

上手くいけば、今から森に入るって感じかな……急いで来ても、あと三時間はかかるだろう。

魔獣は一見どこにもいないようだ。しかし、よく目を凝らしていると、隠れているのがわかる。

やっぱり……五匹いる。

ここから狙えないかと弓を構えてみたが、ここからは鱗に覆われた魔獣の背中しか確認できない。

その時、遠くで人の声がした……誰かが遠くで叫んでる？　こんな時間に？　……まさか。

「――エルさーん！」

よく目を凝らすと、アランがこっちに歩いてくるのが見える。まずい、魔獣たちも気付いた。なんで大声張り上げてくんのよ、馬鹿！　このままじゃアランが魔獣の餌食になってしまう。

私は大声で叫んだ。

「アラン、逃げて！　これは罠《わな》よ！　来ないでっ！」

私の声に気付いたアランは、私を見つけて、満面の笑みを見せる。そして、そのまま走ってくる。

聞こえてない!?

「アラン、来ないで！　罠《わな》なの!!」

そこでようやくアランは止まった。その時にはもう魔獣がアランの喉元に向かって、跳ねていた。

アランが死んじゃう!!　急いで弓を構えるが、間に合わない。

「罠《わな》って……なん――」

「ぐぉっ……!!」

その瞬間、アランを突き飛ばし、魔獣の牙を受け止めたのは……団長、だった。

「……だん、ちょう？」

団長の腕に魔獣の牙が深く食い込み、みるみるうちに真っ赤な血が左手を覆っていく。

頭が真っ白になっていく。なんで、団長が、団長が………っ！

しかし、団長は腕に噛みついた魔獣を振り払おうともせず、下から右手に持っていた剣で串刺しにすると、地に捨て、剣を抜いた。

次に草むらから跳ねて来たもう一匹の鼻を剣の柄を使って潰《つぶ》し、地面に転がったところを逃さず目を突き、のたうち回る野獣を腹から切る。

両脇から突進してきた魔獣をタイミングを見計らって、ジャンプして避けると魔獣同士が衝突する。その上から顔を潰《つぶ》すように踏みつけ、魔獣の体勢を崩すと、一閃《いっせん》で魔獣二匹の腹を切った。

すごい……一瞬で魔獣四匹を倒してしまった。団長の圧倒的な強さを目の当たりにして、パニックになりかけていた私も少しずつ冷静さを取り戻していた。

しかし、残るはあの巨大な魔獣である。団長と向き合い、鼻息荒くしている。

その時、団長が叫んだ。

「マリエル！　弓で援護！　こいつの目か足元を狙え！　アラン！　後ろに回り込んで、こいつの後ろ足の靭帯《じんたい》を切れ！」

アランは、何が起こったのかわからないようで尻餅をついたまま唖然としている。

突然の指示に戸惑う私たちに団長が怒号を飛ばした。

「しっかりしろっ!!」

「「は、はいっ!!」」

そうだ……！　私は騎士だ。団長と一緒に戦う力がある。しっかりしろ、マリエル！

そう自分に言い聞かせて、弓を構える。

目……足先……どっちもかなり狙うのが難しそうだ。弓を構えながら洞窟を出て、徐々に近づき、狙いを定めていく。

魔獣は団長に向かって、今にも突進しようと、後ろ足を何度も蹴り上げている。

外せない。私は魔獣の前足に向かって、矢を放った。その瞬間、魔獣が動き、私の矢は地面に刺さる。矢に気付いた魔獣はゆっくりと私の方に身体を向け、すごい勢いで迫ってきた。

今度は逃げない……外さない!!　私は再び魔獣に矢を放った。

魔獣の目に矢が刺さる。魔獣が若干怯んだその隙に、アランが魔獣の後ろ足の靭帯を切った。

魔獣は目と靭帯《じんたい》を傷つけられた痛みで暴れる。団長は、魔獣と距離を取りながら、一瞬の隙を見計らって魔獣を横から突いた。すでに靭帯《じんたい》を切られ、バランスを失った魔獣はドォンという地響きと共に倒れた。

団長は素早く横倒れになった魔獣の上に乗り、腹を切った。魔獣はまだビクビクと動いている。

団長は魔獣から降りると剣を捨て、近くの地面に刺さっていたルーカスの斧をおもむろに拾い上げた。そして、片手で魔獣の首を切り落とした。

倒した……

私はその場にすとんと膝を付いた。死んで動かなくなった魔獣の瞳が私を見つめている。

近付く足音がして、ふと顔を上げると、団長が微笑んでいた。

魔獣の血なのか、団長の血なのか……全身血だらけだ。

「よく頑張ったな……。無事でよかった……マリエル」

私はポロポロと涙を流し、汚れることも気にせずに団長に抱きついた。団長は片腕で私を強く抱きしめてくれた。

「団長！　……腕が……腕が……!!」

「こんなのすぐ治る」

アランがゆっくり近づいて来る。顔を上げるとその真っ黒な瞳で団長を睨みつける。

「なんで俺を……俺なんかを庇《かば》ったんですか!?　……助けてくれなんて頼んでない!!」

「なんだ、死にたかったのか？　じゃ、王都に帰ってから、俺の見えないところで勝手にやれ」

「死にたいなんて言ってない!!」

「そうか。でも、命令違反して、俺に怪我まで負わせたんだ。それ相応のことはしてもらおうか」

そう言って団長はニヤリと笑った。

「団長！　冗談なんて言っている場合じゃありません。とりあえず洞窟に戻りましょう！」

「大丈夫だ、マリエル。魔獣はさっきの奴が最後なんだ。討伐は全部終わった」

「……そう、なんですか？」

「あぁ……すまない……ちょっと寝かせ――」

団長はそのままズルッと私にもたれかかり、意識を失った。


その後、二人で団長を洞窟まで運び込み、応急処置を施した。止血はしたが、団長は眉間に皺《しわ》を寄せ、脂汗を滲ませている。

すぐにでも拠点に連れて帰りたいが、これだけの出血だ。二人で無理矢理動かすのは危険な気がした。おそらく団長を追って、あと少しすれば救助が来るだろう。私は団長の汗を拭う。

先ほどからずっとアランは押し黙っていたが、悔しさを滲ませた声で言った。

「俺の……せいですよね……」

私は何も言えない。元はと言えば囮《おとり》に使われた私のせいでもあるし、アランだけを強く責めることはできない。アランは私の言葉を待たず話し始めた。

「俺、命令違反して、森に入りました。昨日の深夜、ドリーさんがルーカスさんを背負って二人だけで拠点に戻ってきて――」

「そうだ、ルーカス!! ルーカスは大丈夫なの!?」

「……俺が見た時には意識はありませんでした。何本も大きな骨が折れてるだろうとも話してたし。息はしてるようだったけど、俺には何も知らされていないのでわかりません」

「そう……」

「すみません……。俺はドリーさんが状況を説明する場に入れてもらえなかったから、詳しいことは何も知らなくて。でも、マリエルさんが帰ってこなかったから、なにかあったんだと思って。そうしたら、マリエルさんが洞窟に一人取り残されてるって聞こえてきて……俺、団長にすぐに救出しに行くべきだって会議に飛び込みました。でも、団長が夜明けまで待てって……。他の団員を無闇に危険に晒《さら》すわけにはいかないって言うから、俺、頭きちゃって……マリエルさんよりも団長としての立場を優先するのかって思った」

「アラン、それは――」

「わかってます！ 団長の判断が正しいってわかってたけど、マリエルさんが洞窟の中で一人泣いているんじゃないかと思ったら、耐えられなかった。それに……俺が助けにいったら、マリエルさんは俺を好きになってくれるんじゃないかって」

「私、たとえアランが一人で危険な目に遭って助けにきても嬉しくない」

「はい……」

「団長もアランのこと、心配したと思う」

アランは拳《こぶし》を強く握りしめている。

「……そうなんでしょうね。あの時間に来るってことは俺を追って、森に入ったんでしょう。俺は、マリエルさんや団長を信じて朝まで待つこともできない……魔獣に殺されそうになるし、団長が戦ってるのに全然身体が動かなかった。本当に団長は憎らしいくらいかっこいいです。……それに比べたら俺は、俺は弱くて……！　自分が情けない……」

アランはそう言って、大粒の涙を流した。

「アラン。あなたには天性の才能があるわ。私や騎士団のみんなが嫉妬するくらい。でも、騎士は剣の腕だけじゃ強いとは言えない。どんな状況でも本当に守るべき者のために考え、行動できる人が本当に強い人なんだと私は思う」

「……でも、俺、もう騎士ではいられない。団長に怪我までさせて……」

「騎士を辞めるには、団長の許可が必要でしょ？」

「はい。俺……もし団長が許してくれるなら……死に物狂いで何でもやります。団長みたいに……本当に強くなりたい」

「うん……」

それから、しばらくすると救助隊が来た。皆、団長の腕の怪我に騒然としたが、周りに転がった五体の魔獣を見て、納得したようだった。

拠点に戻って団長は治療を受け、出血は落ち着いた。とりあえずできる治療をしながら、意識が戻るまではここで待機することに決まった。

団長が眠っている間、私はほとんどの時間を団長のベッド脇で過ごした。団員のみんなは何事かとざわめいたが、何も気にならなかった。ただただ団長が心配でそばにいたかった。看病を代わるとみんな申し出てくれたが、頑として譲らなかった。

私は団長の手を握り、祈りながら、その瞼が開くのを待ち続けた。


団長が目を覚ましたのは、倒れてから二日後の夜だった。

手を握り、ベッド脇でうとうとしている私を甘く優しい声が呼んだ。

「マリエル」

私は顔をあげる。団長が微笑んで、こちらを見ている。

「団長……!!」

私は流れる涙を隠すこともせず、布団の上から団長の腰にしがみつき、ワンワン泣いた。

「すまない。心配かけたな」

団長が頭を撫でてくれる。いつもの団長の大きくて、優しい手だ。

「良かった……良かったっ……。団長が目を覚さなかったらどうしようって……。わたし、わたし……ぐすっ……」

団長は困ったように笑う。

「そんなに泣くな」

「だって……」

「マリエル……。すぐに助けにいけなくて、ごめんな」

頭を撫でる手が止まる。私は思わず涙で濡れた顔を上げた。

「助けにきてくれたじゃないですか！」

団長は力なく笑う。

「結局アランに先を越されたけどな」

私は首を横に振る。

「そんなことない！　助けてくれたのは団長です！　団長は私もアランも助けてくれました！」

「自分が怪我してたら意味ないが」

そう言って団長は左腕を一瞥《いちべつ》した。私は団長の手を握る。

「ううん。団長が生きていてくれて、本当に良かったです。それだけで十分です。今、人を呼んできますね。待っていてください」

私は外へ出ようとした。

「マリエル……ありがとう」

「こちらこそ。ありがとうございます」

私は微笑んでテントを出た。

それから団長は起き上がって、怪我について説明を受けた。左肩から下は今の段階では治る見込みがないという説明を険しい顔で聞いていた。何故だか治療薬が全く効かないそうだ。とりあえず腕を固定したまま馬車で王都に帰ることになるらしい。

続いて魔獣討伐の後処理について報告を受けた。負傷者は団長とルーカス、他数名いるが、命を落とした者はいなかった。一通りの説明を受けた後、団長は言った。

「魔女と面会の件はどうなっている？」

ドリーさんが答える。

「明日の朝九時に城に来い、と手紙が来たぜ。魔女のところには俺とマリエルで行くつもりだ」

「ダメだ。俺が行く」

ドリーさんが団長を睨みつける。

「は？　その傷で何を言ってんだよ⁉　ちゃんと俺がマリエルを守るから心配すんな」

「そうです、団長。団長はここで休んでいてください。私とドリーさんで行ってきます」

団長は険しい顔で首を横に振る。

「いや、俺が行く。あくまで話を聞くだけだ。それであれば怪我をしている俺でも問題ない。すでに騎士団長と女性騎士の二名で行くと、魔女に連絡済みだ。もしドリーが行けば、男嫌いの魔女がそんな話は聞いてないと機嫌を損ねる可能性がある。それで話が聞けなくなるのは避けたい」

「くそっ。そんな厄介なことがあるかよ」

ドリーさんは片手で頭を掻きむしる。

「それに今回の話は、俺が直接陛下に報告するように言われているからな。俺が行く」

団長は引く気がないようだった。ドリーさんは舌打ちをする。

「……ちっ。それが命令じゃ従うしかないじゃねぇか」

そう言って、ドリーさんは出ていった。

団長が私と二人で話がしたいと言い、他の人々も出ていく。私は団長に言った。

「さすがに今回は大怪我してますし、先方もわかってくださるのではないでしょうか？　……私も団長が心配です」

「大丈夫だ、マリエル。左腕以外はよく寝たせいか快調なくらいなんだ。俺が片手であれだけ戦えるのを見ただろう？　たとえ危険なことがあっても、俺がマリエルを守ってみせる」

「さっき話を聞くだけだって――」

「万が一のことがあった時だ。マリエルになにかあったらと思うと、休むこともできない。頼む、俺と行ってくれ」

私はため息を吐く。

「もう……私は団長の部下です。命令されればそうしますよ」

「そうか。じゃあ、明日の魔女との面会は俺とマリエルだからな。命令だ」

団長は、満足したように笑っている。

その時、神妙な面持ちでアランが部屋に入ってきた。

「……団長、失礼してよろしいでしょうか？」

「あぁ。入れ」

ぱっと地面に座ったアランはそのままの勢いで、地面に額を擦り付けた。

「団長……本当に申し訳ありませんでした！　俺のせいで怪我をしたこと、命令を無視したこと、勝手な行動で団長やマリエルさんを危険に巻き込んだこと。全て俺の責任です」

団長はふっと笑う。

「……お前の責任か。じゃあ、俺の責任だな」

「え？」

「部下のお前の責任は俺の責任だ。お前を止められずに危険な目に遭わせた。冷静になり、お前に状況を説明していたらこうはならなかったかもしれない。お前がマリエルを心配する気持ちも汲《く》んでやるべきだった。ダメだな、お互い。マリエルが絡むと冷静さを失う」

団長は私を見つめ、頭を撫でた。

「俺……マリエルさんのこと、本当に好きでした。でも、団長ほどマリエルさんに相応しい人はいません。お二人とも勇敢で優しくて、俺の憧れの人です。団長。俺、許してくれるのであれば、これからも騎士として団長の下でやっていきたいです。何でもします！　どうかお願いします!!」

「当たり前だ。この左腕の分、こき使ってやるからな」

アランは今にも泣きそうだ。

「こ、これからは団長のご期待に添えるよう努力します！　ご指導お願いします!!」

「より一層期待してる。頼んだぞ」

「はいっ！」

アランはテントを後にした。その顔は憑《つ》き物が落ちたようにすっきりとしていた。

アランが出ていくのを確認して、団長が口を開いた。

「マリエルは……ずっと側についていてくれたのか？」

「はい。どちらにしろ団長が気になって、ろくに眠れませんから」

「そうか。……心配かけたな」

「いいえ。こうやって目覚めて、話ができるだけで、私、幸せです。あ、でも私がずっと付きっきりだったので、私が団長を好きなことはみんなに知られちゃいました。へへ」

団長は動く右手で私の手を取った。

「もう魔獣討伐も終わって帰るだけなんだ。構わないだろう。もう一時たりともマリエルから離れたくない。帰りも一緒に馬車に乗って帰ったらいい」

団長は私の手に指を絡ませるようにして遊ぶ。さわさわと掌を刺激されてくすぐったい。

「ダメですよ、ブランがいじけちゃう」

団長は少し悪い顔をする。

「あいつも雄だ。わかってくれる」

私は団長を睨む。

「団長、そのうちブランに蹴られますからね」

私たちは二人でクスクス笑い合う。

ふいに視線が合うと、団長はコバルトブルーの瞳で私を見つめた。

「なぁ……マリエル。俺はもう剣が持てないだろう。そうなれば、騎士団長でもなくなる。ここまでの大怪我だ。爵位もどうなるかわからん。すぐにでも弟に家督を譲ることになるかもしれない。片手ではできることも限られる。そうなれば、俺は何も持たない。持たないどころか、あるべきものさえない。……そんな俺でも、マリエルの側にいていいのだろうか？」

暗く影を落とす団長の顔を掌で優しく挟む。

「これだけ人を夢中にさせといて何を言ってるんですか!? 私を捨てるなんて承知しませんからね!! 大体、騎士団長かどうかなんて関係ありません。私は、ジルベルト様と生きていきたいんです。爵位だっていりません。私が欲しいのは、貴方だけです」

「マリエル……」

「ジルベルト様、愛しています。貴方が側にいてくれるなら、私はそれだけで幸せです」

「あぁ、マリエル……俺もだ。一生……君だけを愛している」

私たちはお互いの存在を確かめ合うように熱いキスをした……舌を入れ、絡ませ、唾液を交換し、お互いがそれを呑み込んだ。それでもまだ足りなくて、私たちはお互いの唇を何度も何度も重ねた。

「団長……好き」

「マリエル……愛してる」

キスの間にお互いの気持ちを何度も贈り合う。お互い離れ難くて、私はなかなかテントを去ることができなかった。結局は疲れて眠った団長の寝顔を確認してから、そっと額にキスを落として、私は夜もすっかり更けた頃にテントを出ていった。

翌朝、目が覚め、団長のテントを覗くと、団長はいなくなっていた。周囲を探す。

テントから少し離れた湖の側で団長は片手で剣を振っていた。いつから振っていたんだろうか……額には玉のような汗が流れている。……団長は騎士の鑑《かがみ》だ。

「団長」

私が呼びかけると、団長は剣を振るのを止め、微笑み返してくれる。

「マリエル。おはよう」

「おはようございます。……体調はどうですか？」

「絶好調だ」

団長は剣を振ってみせた。私は困った顔になる。

「そんなに剣振っていいんですか？」

「これは秘密にしといてくれ」

「ダメですよ、ちゃんと休まなきゃ」

「そうなんだけどな。使える腕だけでも動かせるようにしとかなきゃ不安でな」

団長が少し俯く。どうしたんだろう。

「もう魔獣はいないですよ？　騎士団のみんなもいるし……何が不安なんですか？」

団長は言うべきか少し逡巡《しゅんじゅん》したような後、口を開いた。

「……マリエルがどこかに行ってしまいそうで」

私は思わず笑う。

「大丈夫ですよ。一緒に王都に帰るって約束したでしょ？　これからはずっと団長と一緒です。私も戦えますし！」

「あぁ。約束だもんな。一緒に王都へ帰ろう」

「はい！」

私たちは固く手を繋《つな》いでテントに戻った。

第五章　嘘つき

魔女の城は、ラボラの森を抜けたところにひっそりと建っていた。そこまで大きな城ではないが、その真っ黒な城壁と物々しい雰囲気につい圧倒される。

私達はもうすぐ九時になろうかという時に門の前に来ていた。

城の門がギィーっと不気味な音を響かせながら開く。すると、城からぴょんぴょんと鴉が跳ねながら近付いてきた。

血のような真っ赤な眼をした鴉は、私たちの目の前に来るとお辞儀をするように上半身を倒し、くるっと向きを変え、また城に向かっていった。

「ついてこいってことか」

城の中に入ると、中央に大きな曲がり階段がある。私たちは鴉に誘導されるまま、階段を上った。

そして、上ったところに魔女はいた。窓際に立ち、外を見ていた魔女が振り返り、微笑む。

「よく来たわね、マリエル」

魔女は美しかった。年齢を感じさせない陶器のような真っ白な肌に、長い睫毛《まつげ》の下には真っ赤な瞳。髪は黒々と輝いている。マーメイドラインのドレスを着ており、そのスタイルは完璧だった。

「は、初めまして、魔女様。何故私の名前を……」

「少しばかり耳が良いからね、騎士の奴らが呼ぶのを聞いていただけよ。ここから魔獣と戦っているのも見ていたわ。マリエルは本当に美しかった」

そう言って、魔女様は私をうっとりと見つめる。

しかし、その後すぐに目を吊り上げて、団長を見た。

「わかっていると思うが、お前は一言も喋るんじゃないよ」

その声のトーンの変化に身体が危険を察知したように強張《こわば》る。

「ま、魔女様。今回は――」

「あぁ、可愛いマリエル。私のことはシーラと呼んでおくれ」

「シ、シーラ様」

「なぁに？」

「あの、この度の魔獣発生と子爵夫妻死亡の件でお話を聞かせていただきたいのですが、よろしいでしょうか」

「えぇ、答えたくないこと以外は答えるわ」

団長と目線を交わす。団長が頷いたので、そのまま話を進める。

「まず、子爵夫妻はシーラ様の呪いで死んだのでしょうか？」

「そうね。私が直接呪いをかけたわけではないけど、結果的にそうなってしまったわね」

「では、子爵夫妻にかけた呪いで魔力を使ったため、魔獣が発生することになったと」

「えぇ。使いたくなかったんだけどね」

再び団長に目配せすると、団長は頷いた。

「わ、わかりました。では、今回、シーラ様に依頼した人物は誰ですか？」

「教えてあげてもいいけど、近々わかると思うわ」

「そうなんですか？」

「えぇ。その依頼人にある魔法をかけているの。魔法が解ければ、煙も吐くし、バレるはずよ」

団長を見ると、首を横に振った。

「それでも、依頼人を教えていただけるとありがたいのですが――」

「それよりさ、マリエル！　私、あなたが欲しくなっちゃった♪　ずっとなんて我儘《わがまま》は言わないから、ここでしばらく一緒に住まない？」

次の瞬間、団長が私とシーラ様の間に立ち塞がった。部屋の温度が一気に下がる。

「お前には聞いてない。下がって」

団長は頑として動かない。

「はっ。お前がマリエルの騎士ってことね。手負に何ができるの？　私はマリエルと話してるの」

シーラ様は恐ろしい形相で団長を睨みつける。団長が傷つけられそうで怖くて、私は声を張り上げた。

「シーラ様！　わ、私はシーラ様からお話を聞いたら王都に帰ります。お誘いいただき、感謝いたします。どうぞ、ご理解ください」

またしても、シーラ様の声のトーンが変わる。

「でも、私、マリエル気に入っちゃったのよねぇ。そうだ！　交換条件しましょ‼」

シーラ様は、どこか妖艶な笑みを浮かべ、人差し指を唇へ当てた。

「交換条件？」

「そう。あと一か月半後に王宮で夜会があるはずよね？」

「はい」

もちろん覚えている。団長にエスコートしてもらう予定の夜会だ。

「その夜会の日までここで過ごしてほしいの。夜会にはちゃんと送り届けるわ！　それを了承してくれたらぁ……そいつの怪我、治してあげる♪」

「……団長の、怪我を？」

シーラ様は綺麗に笑って見せた。

「そう！　マリエルにとって、大事な人なんでしょ？　きっと怪我も治したいのよね？　その怪我は魔獣から受けた傷。この国で治せる人はいないわ。でも、私なら元通りにしてあげられる」

「で、でも、魔力を使ったら、また魔獣が生み出されるんじゃ――」

「人が死んだりすれば、そりゃ恐ろしい魔獣も発生するけど、そいつの怪我を治すくらいじゃそんなことにはならないわ。せいぜいこの城の庭の鼠が一匹魔獣になるくらいよ。どうする？　一か月半ここで過ごすだけで恋人の腕が治るのよ？　真相も手紙に纏《まと》めて、帰る時に渡してあげる」

団長を見ると、眉を顰《ひそ》めて、首を横に振っている。

……きっと一番に私のことを心配している。シーラ様は私のことを気に入ってくれたようだけど、一か月半ここで過ごせば、私はどうなるかわからない。約束も反故《ほご》にされるかもしれない。

それでも――私は団長の怪我を治せる可能性に賭けたかった。

団長は騎士という仕事に誇りを持っている。今朝、剣を振る団長の姿は完全に騎士の目だった。怪我はしたけど、本心で言えば辞めたくないのだろう。それに今後も団長が救う人は多くいるはず……団長の怪我を治すことはその人たちを救うことだと思えた。

私はシーラ様をしっかりと見つめる。

「シーラ様、本当に私がここで一か月半過ごしたら、夜会の日には解放してくださいますか？」

シーラ様が満面の笑みで答える。

「もちろん！　マリエルがもっとここにいたいと言う場合は別だけどね」

絶対にそんなことにはならない。本当なら私だって団長と離れたくないもの。

「ここで過ごす一か月半の間に私が命を落とすことはありませんか？」

「そんなのあるわけないわよ。私は可愛いマリエルと過ごしたいだけ」

シーラ様は寂しそうに瞳を潤ませる。

「団長の怪我を治すにあたって、なにか副作用があったりしませんか？」

「ないわ。その怪我は中の神経に魔力が絡みついてるから治らないの。普通の薬も効かないはずよ。魔力さえ抜けば、そんなに酷《ひど》い傷じゃないわ」

団長は私の肩を掴《つか》んで、振り向かせた。

「マリエル！　絶対にダ――」

口を開いたその瞬間、ぴゅっと青白く光る糸のようなものが飛んできて、団長の口を縫いつけた。

「話すんじゃないと言ったはずよ。次やったら、二度と話せないよう縫いつけてやるわ。とりあえずこの城を出るまではそのままよ」

団長は、何回も何回も首を横に振っている。

言葉はなくても「ダメだ」「行かないでくれ」と団長が言っていることはわかった。

でも……、ごめんなさい、団長。

私はシーラ様に向かって言った。

「わかりました。私は夜会の日までここにいます。団長の怪我を治してください」

シーラ様はニコッと笑った。

「お安い御用よ♪」

シーラ様が指揮をするように両手の人差し指を空でクルクルっと回すと、団長の左肩から禍々《まがまが》しい黒い霧が出てきて、消えていく。その後、左腕が軽く光った。

「終わったわよ、確認しなさい」

団長は信じられないように、左の掌を何回か握りしめ、感触を確かめている。それが終わると私を両腕でぎゅっと抱きしめた。

温かい。いつもの団長の抱擁だ。私はその温《ぬく》もりだけで、この選択が正しかったと思えた。

「はい。別れの挨拶は終わりよ。今日からマリエルは私の！」

団長は絶対に離さないとばかりに私を強く抱く。

「団長、必ず夜会の日に戻ります。その時は婚約者として私をエスコートしてくださいね。……一緒に王都に帰る約束、守れなくてごめんなさい」

私は目に涙を溜めながら、必死に笑顔を作って、団長に言った。

団長は私を抱きしめたまま、子供のように首を横に振り続けている。

シーラ様はその様子を見て、舌打ちをする。

「しつこいわね」

シーラ様はそう言って、指を振ると、団長はガクッと項垂《うなだ》れ、私にもたれかかった。

「……だ、団長⁉」

「大丈夫よ。意識を失っただけ。すぐに目覚めるわ。エアロ！　そいつを外に出しなさい。あと、今日中にここを出立しろ、と手紙を置いておいて。言う通りにしないとマリエルの命はないと」

恐ろしさに身体が震える。それに気付いたシーラ様は私を諭すようにいかにも優しい声を出す。

「ごめんね、マリエル。そうでもしないと、ここから去らないと思っただけなの。殺したりなんてしないからね。ほんとよ。私はマリエルと仲良くなりたいの」

「……わ、わかりました。あの……団長の怪我を治してくれて、ありがとうございました。一か月半、よろしくお願いします」

「本当にマリエルって可愛いわ。これから楽しくなりそう♪　じゃ、エアロ頼んだわよ。あと、鼠が一匹魔獣化したから、そっちもよろしく」

鴉がどうやって団長を運ぶんだろうと不思議に思いながら、団長を抱きしめていると、鴉はみるみるうちに形を変え、人間になった。

長い銀髪に鋭い目つきをした長身で細身の男性。執事のような服を着て、眼鏡をかけている。鴉の時と変わらず、瞳はシーラ様と同じく赤だ。シーラ様も美しいが、彼もどこか人離れした美しさがあった。

私は、エアロさんの背中でぐったりする団長を滲んだ瞳で見送ることしかできなかった。


団長を見送って、私が落ち着いてきたことを確認すると、シーラ様は私に城の中を案内してくれた。保管庫や調合室など危険な場所以外は自由に出入りしていいし、使いたい物ややりたいことがあれば、何でも言ってくれて構わないということだった。

団長の前ではあんなに恐ろしい雰囲気だったのに、こうして話してみると、気さくな女性だった。

最後に案内してくれたのは、私が過ごすことになる来客用の部屋だった。白を基調とした花柄のカーテンが掛かる、可愛らしい部屋だった。貴族令嬢として実家で過ごしていた頃を思い出す。

シーラ様に促され、クローゼットを開けると、可愛らしいドレスやワンピースが数着あった。

「どう？　気に入ってくれたかしら？」

「は、はい……どれも本当に素敵です。滞在中、こちらの服をお借りしてもよろしいのですか？」

シーラ様は私の肩にポンと手を置く。

「もちろん！　着てくれると嬉しいわ！　マリエルのために用意したの。サイズもぴったりよ。さ、そんな騎士服なんか脱いで、私と一緒にお茶しましょ♪　今日は初回だから、ちゃんとドレスを着てきてね！」

私は困った。ドレスは一人じゃ着れない。さすがにシーラ様に頼むわけにはいかないし……

「あの……ドレスとなるとコルセットもあるし、ワンピースでもいいですか？」

「あぁ、そうだったわね。エアロに頼んだらいいわ。エアロ！」

エアロさんはすぐに部屋の中へ入ってきた。

「マリエルにドレスを着せてあげて」

「かしこまりました」

エアロさんは顔色一つ変えず、当たり前のように指示を受ける。

でも、男性にドレスを着るのを手伝ってもらうわけにはいかない。

「あ、あの！　さすがに男性に着せていただくわけにはいきません。恥ずかしいですし……」

シーラ様は微笑む。

「大丈夫よ、マリエル。エアロは鴉なのよ？」

「いえ、それでも……」

シーラ様は子供が駄々をこねるように頬を膨らませる。

「もう！　マリエルったら!!　じゃあ、今日だけでいいわ。お願い、ドレスを着て。私、ドレスを着たお友達とお茶をするのが夢だったの」

確かに魔女だからと言って、毎日このお城でエアロさんと二人で過ごすのは息が詰まるだろう。友達とお茶をしたいというシーラ様のお願いはささやかながらとても切実なものに聞こえた。

私は悩んだ末、今日だけはドレスを着ることを了承した。

「じゃあ、上で待ってるわね！　お菓子は何にしようかしら♪」

シーラ様は楽しそうに部屋を出ていく。

正直、団長のことが心配だし、お茶なんて飲みたい気分じゃないが、シーラ様の機嫌を損ねたらどうなるかわからない。彼女の言う通りにすることだけが私にできる、団長や騎士団のみんなを守る方法だ。

「それでは、マリエル様、よろしいでしょうか？」

「あ、はい。マリエルと申します。これから少しの間、お世話になります。どうぞよろしくお願いします」

私はエアロさんに向き直って、お辞儀をする。

すると、エアロさんが微笑んだ……さっきから表情が動かなかったから、笑ったりする人じゃないと思っていた。エアロさんの笑みは、とても美しくて、私はつい見惚《みと》れてしまう。

「マリエル様？」

「あっ、すみません……わ、笑ったりなさるんですね」

「ありがとうございます。喜怒哀楽はあるんですよ。今はマリエル様が一緒に住んでくださると聞いて、嬉しいです。少しでもマリエル様が快適に過ごせるようお手伝いいたしますので、困ったことがあれば、なんなりとお申し付けください」

「ありがとうございます」

「それでは、シーラ様もお待ちですし、着替えましょうか」

「あ、自分でできるところまでやってみます……」

「いえいえ、慣れておりますので、お任せください」

「いえ……本当に大丈夫です……!!」

私はなんとか自分で可能なかぎり頑張ってみたが、結局あれやこれやとエアロさんが整えてくれた。エアロさんは本当に手際が良くて、恥ずかしがっている暇もなかった。


お茶会に向かうと、シーラ様はカップをテーブルに並べ、ソワソワして腰掛けていた。

「シーラ様、お待たせしました」

「ううん！　全然平気よ！　待ってる時間も楽しかったわ♪　そのドレスもよく似合ってる！」

「ありがとうございます」

「では、こちらに座って。いろいろ話しましょう！　マリエルのこと、聞かせて！」

そこから、シーラ様は私を質問責めにした。実家の話から、どんな子供だったのか、どうして騎士団に入ったのか、どんな仕事をしているのか、好きなものから嫌いなもの、趣味まで……

「料理を作るのも好きなのね。じゃあ、ここに滞在中はエアロと一緒に料理してもらおうかしら。どう？」

「はい。大丈夫です。なにかやることがあった方が気が紛れますから……」

私は思わず俯く。しばしの間、沈黙が部屋を包んだ。

つい、本音を言ってしまった……シーラ様は怒るだろうか。

私は少し顔を上げて、シーラ様の顔色を窺った。彼女は少し悲しそうな顔をしていた。

「……やっぱり、あの男のことが気になるのね」

「……すみません」

「仕方ないわ。あの男が好きなんでしょう？」

「はい……」

シーラ様は少し考える素振りを見せた後、私に言った。

「うーん、マリエルがあの男を気にして、楽しく過ごせないのは、私も残念だし……そうだ！　良いものをあげるわ！　エアロ、保管庫から遠鏡《えんきょう》を持ってきてくれる？」

「かしこまりました」

「遠鏡《えんきょう》？」

私は首を傾げた。シーラ様は私に微笑む。

「ええ。会いたい人を思い浮かべながら、鏡を覗くと、その人の姿が見えるという魔道具よ」

「魔道具ですか？　私には使えないと思います。それに魔獣がまた出たら困りますし……」

「大丈夫よ。この城には私の魔素が溢《あふ》れているから、ここにいれば、ほとんどの魔道具は本人に魔力がなくても使えるの。可視化した魔力を注ぎ込まないといけない魔道具もあるけど、遠鏡《えんきょう》はそんなことないわ」

「シーラ様、お持ちしました」

「ありがと」

シーラ様はエアロさんから手鏡のような物を受け取ると、目を閉じてなにかを念じたようだった。

「ほら、マリエル、どうぞ」

シーラ様は私に遠鏡《えんきょう》を渡してくれた。遠鏡《えんきょう》は手鏡ほどの大きさで、鏡や周りには文字や記号のようなものが刻まれていた。

「目を瞑《つむ》って、見たい人の顔を強くイメージして。会いたいと念じるの」

私は目を瞑《つむ》って、団長の顔を思い浮かべる。会いたい……団長に会いたい……！

次に目を開けると、鏡には団長が映っていた。

「……団長」

鏡の中の団長は、頭を抱えて、ドリーさん達と話し合っているようだった。音は聞こえないが、素振りからして団長は珍しく声を荒らげているように見えた。

「一日に三回まで。なにやってるかくらいはわかるでしょ？　今はここを離れるかどうかの話し合いってところかしら。離れるしかないのにね。全く一か月半くらい王都で待っていればいいじゃない」

シーラ様は呆れたようにため息を吐く。

「……私のことを心配してるんだと思います」

「そう……マリエルがそういうなら悪い奴ではないのね」

「シーラ様は何故そんなに私のことを気に入ってくださるのですか？」

私は、ずっと疑問に思っていたことをシーラ様に尋ねた。

「んー。理由はいろいろあるわ。まず、魔獣討伐で戦う貴女が素敵だと思った。男性に紛れて、何日も山に籠《こも》ったりして、普通じゃできないわよ。弓の腕も素晴らしいし、度胸もある。それなのに、可愛いんだもの」

シーラ様は手をパタパタと動かして、楽しそうだ。

「シーラ様は魔獣討伐を見ていたんですか？」

「えぇ。あの森は私の庭みたいなものだからね。耳と目がいい私にはほとんど見えちゃうの。マリエルが洞窟に取り残された時なんて、エアロに命じて助けに行かせようかと思ったくらい」

エアロさんもフッと笑う。

「確かにシーラ様はマリエル様が死んでしまうのでは、と大騒ぎでいらっしゃいました」

「……そ、そうなんですか？　何だかご心配おかけしました」

「ううん。私が勝手に心配してただけだから。でも、こうして一緒にお茶することができて、本当に嬉しいの。私、魔力があるせいでこのお城から出られないのよ。エアロが外に出ていろいろとやってくれるけど、私は出られない。だから、こうやって誰かとゆっくりお話しするのも久しぶりなの」

その後も私たちはエアロさんにお茶を足してもらいながら、長い長いティータイムを過ごした。


結局、私がシーラ様から解放されたのは、夕方になってからだった。

部屋に戻った私は、シンプルなワンピースに着替えた。ベッドに横になり、遠鏡《えんきょう》を見つめる。一日三回までだと思うと、もったいなくてなかなか使えない。今は夕方だ。

そろそろ拠点を出発した頃かな……やっぱり鏡で確認してみよう。気になって仕方ないもの。

私は強く団長を思い浮かべながら、遠鏡《えんきょう》を覗いた。

やはり騎士団はすでに拠点を出発したようだった。団長は馬に乗っていた。腕も大丈夫そう……良かった。その一方で団長の表情は硬く、強く唇を噛み締めているようだった。

……私のこと、心配してるんだろうな。

私は鏡の中の団長にキスをした。その瞬間、ふわっと映像が消えてしまう。

一気に寂しくなって、ツンと涙が溢《あふ》れてくる。まだ離れてから一日も経っていないのに、半身が引き裂かれるように苦しい。

「……団長、会いたい」

言葉にすると、より気持ちが抑えられなくなる。私は鏡を胸に抱きながら、ベッドに横になった。

背中を丸めて、子供のようにグスグスと泣く。団長を好きになってから、私はよく泣くようになった。誰かを好きになることは、人を強くも弱くもさせるんだな。

いつの間にか泣き疲れて眠ってしまったようだった。窓の外を見ると、もう夜だ。

コンコンコン。誰かが扉を叩く。

「マリエル様、お夕食の準備ができておりますが、部屋から出られますか？」

エアロさんだ。

「あ、はい。今行きます」

ガチャっと扉を開けると、エプロン姿のエアロさんがいた。エアロさんは私の顔を見て、目を見開く。

「……！　マリエル様、目が腫れております！　タオルをお持ちしましょうか？」

「大丈夫です。すみません。もしかして、シーラ様をお待たせしてしまっていますか？」

「いいえ。シーラ様は夕食はいつもご自身の部屋で済ませるんです。なので、食堂で私と二人きりになるのですが……それかお部屋までお持ちしますか？」

「いえ、運ぶのもお手間でしょうし、食堂でエアロさんとご一緒させていただきます」

「嬉しいです！　では、さっそく行きましょう」

エアロさんは、食事中、シーラ様のように私を質問責めにすることはなかった。ポツポツとお互い言葉を交わすだけだ。その最中も頭の片隅には常に団長がいて、ぼーっとしてしまう。

なんで目の前にいるのが、団長じゃないんだろう。なんで団長じゃない男性と一緒にご飯を食べているんだろう。なんで……なんで……団長がいないことを実感する度に寂しさが増していく。

ただエアロさんはそんな私に気付きながらも、必要以上に構わずにいてくれることが、今は本当にありがたかった。

★　☆　★

それから、私はシーラ様のお城でさまざまなことをして時間を過ごした。シーラ様とお茶をしたり、城内をお散歩したり、刺繍《ししゅう》をしたり。特にシーラ様の刺繍《ししゅう》の腕は見事なものだった。よく話を聞くと、得意なのは刺繍《ししゅう》だけではなく、私のドレスも全てシーラ様の手作りらしい。

シーラ様もエアロさんも優しく、城での生活は快適だった。

それでも……一日も早く私は団長の元に帰りたかった。

毎日、朝と昼と夜の三回、遠鏡《えんきょう》で団長の姿を見る。その度に胸が締めつけられる。団長に会いたいと毎日思い、一日が早く過ぎるように願った。

遠鏡《えんきょう》で見る団長は、最初の一週間、常に厳しい顔をしていた。しかし、王都に戻ってからはパデル爺や副団長に励まされて、少し元気を取り戻したようだった。私は安心した。一か月半の間に団長が倒れでもしたら、心配で城に留まっていられない。

しかし、ちょっとした違和感を感じたのは、団長が王都に帰ってから一週間経った時だった。昼に遠鏡《えんきょう》を覗くと、団長は誰かを守りながら戦っていた。団長の背後には煌びやかな衣装を身につけた美しい女性がいた。誰だろう……と思ったが、護衛任務か盗賊の人攫《ひとさら》いに対応したのだろうと思った。

しかし、その日の夜も遠鏡《えんきょう》を覗くと団長とその女性は一緒にいた。二人でどこかのお店で食事をしている。団長はお酒を飲んだのかわからないが、楽しそうに笑い、顔を赤くしている。

……まるで恋でもしているみたい――

そこまで考えて、私は首を横に振った。そんなことあるはずないのに！

あんなに愛されているのに、団長を疑うなんて……私、どうかしてる。離れていて不安だからって、団長を疑うようなことしていいはずがない。団長が私を信じているように、私も団長を信じるの。しっかりしなくちゃ！

せめて夢の中で会いたい……と目を瞑ったが、夢の中に団長は会いに来てくれなかった。

翌朝、遠鏡《えんきょう》を覗くと団長は訓練をしていた。すると、奥から昨日の女性が駆けてきて、甲斐甲斐《かいがい》しくタオルで団長の汗を拭っている。団長は照れながらもどこか嬉しそうにそれを受け入れる。そんなことを女性に許したことなんてないのに……私は信じられない光景に唖然とする。

汗を拭かれて、二人で微笑みを交わす……団長がその人を見つめる瞳は、前に私を見つめたそれと似ていた。私だけに向けるあの熱い瞳が他の女性にも向けられた事実にひどく胸が痛んだ。

その日から私は遠鏡《えんきょう》を見なくなっていった。またあの女性が映ったら、嫉妬でどうにかなってしまいそうだったから。それでも団長に会いたくて寂しさに耐えられなくなると、あの女性が映らないようにと願いながら、遠鏡《えんきょう》を使った。

しかし、私の気持ちとは裏腹に遠鏡《えんきょう》を覗く度、その人はいつも団長の側にいて、二人で微笑み合っていた。団長はもう私のことなんて忘れたように愛おしそうにその人を見つめていた。

遠鏡《えんきょう》に触れる度、手が震える。なんで団長は、私以外の女性をあんな目で見るの？　あのコバルトブルーの宝石は、私だけのものなのに。私の、団長なのに。

ある日の鏡の中の団長は、その人の髪についた花びらを取ってあげていた。恥ずかしそうに俯くその女性を蕩《とろ》けるような瞳で見ている。迷いのないその瞳には、微塵《みじん》も私への気持ちなんて残っていなかった。

……もしかして団長は、本当に、この人に恋をしてる……の？

私に思いついた可能性を否定するような気力は、もうなくなっていた。私は団長のことをできるだけ思い出さないように、ますますシーラ様とエアロと過ごすようになっていった。二人と過ごす時間はとても楽しくて、ずっとここにいたいと思わせた。

そのうち夕食が終わると、エアロと二人で城の屋根に登って、話をするのが恒例になった。星を見たり、あっちには何があるとか、西の方の鴉は凶暴だから嫌いだとか、エアロだから知るような話もしてくれて、とても面白かった。……私が辛そうな顔をしている時は何も言わずに肩を抱いてくれた。私はその温《ぬく》もりに縋《すが》って、自分自身を何とか保っていた。

★
☆
★

その日も私はシーラ様と刺繍《ししゅう》をして過ごしていた。この城に来てから、シーラ様に教えてもらって私の刺繍《ししゅう》の腕も上達した。私は戻ったら渡すつもりでハンカチに団長のイニシャルを刺していた。たとえ団長があの人に惹かれていても、結局は団長が好きで……。遠鏡《えんきょう》ではなく、実際に会うまで諦められない。

「それはあの男に渡すのかい？」

「はい。……受け取ってくれるか、わかりませんけど」

私は無理矢理笑った。シーラ様は訝《いぶか》しげな顔をする。

「どういうことだい？」

「実は……遠鏡《えんきょう》で見ると彼はいつもある女性と一緒にいるんです、とても楽しそうに……。まるで私のことなんて忘れてしまったよう……」

「何なのよ、それは！　マリエルに腕まで治してもらったって言うのに、マリエルと離れてる間に他の女にうつつを抜かすなんて、あり得ないわ!!」

シーラ様は自分のことのように憤慨している。

「シーラ様……ありがとうございます。でも、大丈夫です。なにか事情があるのかもしれませんし」

私が力なく笑うと、シーラ様は悲しそうに私を見つめた。

「マリエルはなんて健気なんだろうね。……ねぇ、辛かったら、ここにずっといていいのよ？　私もエアロも貴女が大好きなの」

「シーラ様……」

シーラ様は訴えるように私の瞳を見つめる。

「マリエルが来るまでこの城は死んだようだったわ。私は城から出られず、話し相手はエアロだけ。ここは特殊な城だから、私はここでなら生きることを許されている。でも、何のために生きているのか、もうわからないの。魔女は自由な存在だというけれど、そんなのは嘘。私はずっとここに閉じ込められている」

私はシーラ様が可哀想になってしまった。確かに想像しただけでも孤独だ。

「本当は私だって外の世界で生きたい。エアロだって、普通に生活させてあげたい。……でも、そんな簡単なことが私には許されない」

「魔獣が……生み出されるからですか？」

シーラ様は窓の外に目を向ける。

「そうよ。私だってあんなの生み出したくないわ……。魔獣が生み出されれば、誰かが傷付く。そんなに人の命は軽いものじゃないことくらい、私もわかってる」

「もしかして今回、魔獣を発生させたのは、シーラ様ではないんですか？」

「……私の魔力が使われたことは確かかよ。でも、私が意図的に生み出したんじゃない。あんな風に利用されるなんて思ってもみなかった」

私はこの城に来てシーラ様やエアロを深く知れば知るほど、違和感を覚えていた。イメージと違って、お二人とも本当に優しいからだ。誰かを呪い殺したりするような人じゃない。

だからこそ、シーラ様が魔獣を生み出したくないと聞いて、納得した。

「シーラ様が利用された……」

シーラ様は頷いた。

「魔女が利用されたなんて恥ずかしくて言えないけどね。でも、マリエルとの約束だもの。最後には真相を伝えるから安心してね」

「ねぇ、シーラ様？　シーラ様の魔力は確かに魔獣を生み出しますが、人を救う力もあるじゃないですか。それってすごいことです。団長の腕も治してくれました。十年前には感染症の薬も作ったと聞きました。シーラ様は多くの人の命を、未来を作ってきたんだと私は思います」

私はシーラ様に告げる。それでもシーラ様は悲しそうだ。

「……そうね。私もそう思いたいわ。だけど、私の魔力が生み出した魔獣は何人もの騎士の命を……未来を奪ったの」

「シーラ様……」

シーラ様は諦めたように首を振る。

「結局、私は誰かを不幸にすることでしか生きていけないのよ」

私は刺繍《ししゅう》の手を止め、椅子から立ち上がり、シーラ様の手を取った。

「私はここに滞在してから、シーラ様とたくさんの楽しい時間を過ごしてきました。シーラ様は魔力に関係なく、素敵な女性です。私は短い時間ですが、一緒に過ごして、それを実感しました。私、シーラ様が大好きです」

シーラ様の瞳からはツーっと涙が溢《あふ》れる。

「泣かないで、シーラ様」

「大好きだなんて言われたのは、いつぶりかしら……もう思い出せないほど前だわ。ありがとう、マリエル……ごめんなさい」

最後にシーラ様が呟いた「ごめんなさい」の意味はわからなかったが、今はシーラ様をそのまま泣かせてあげたかった。私はしばらくシーラ様の背中を優しく撫でていた。

その夜、天井を見つめて私は考えていた。王都に戻るまであと二日。

シーラ様もエアロも大好きだ。だけど、やっぱり団長の側にいたい。

その一方で私の戻る場所はもうないのかもしれないと思う。あの美しい女性と団長は誰が見てもお似合いだ。もしかしたらもうお付き合いしているのかもしれない……。いや、団長は私のことを中途半端にしたままで、そんなことをする人じゃない。でも――

考えても答えは出ず、不毛な問いかけを自分に繰り返してばかりだ。どんどんと胸が苦しくなって、涙も滲んでくる。こんなに団長のことが好きなのに、あんなに幸せだったのに……

久しぶりに無性に団長の顔が見たくなる。やっぱり少し怖いが遠鏡《えんきょう》を覗いてみよう。

どちらにしても、もう少しで団長に会うことになるのだから、逃げてばかりもいられない。

私は団長を想い、目を瞑った。女性が映らないよう祈りながらゆっくりと目を開ける。

しかし、その後に私が鏡越しで見たのは、信じられない光景だった。

「……なん、で……」

団長があの美しい女性と身体を重ねていたのだ。熱いキスをし、激しく腰を振っている……見たこともないギラギラとした目で女性を求め、女性は恍惚《こうこつ》とした表情を浮かべ団長を受け入れていた。噛みつくようなキスをして、二人で絡み合う……それはまるで本能をさらけ出した獣のような交わりだった。

呆然とする私を残して、映像はふわっと消えた。

私はもう鏡に触れていられなくて、それを壁に投げつけた。

気持ち悪い……。吐きそう……もう、無理。

これ以上団長を想い続けたら、心が壊れてしまいそうだった。

……嘘つき！　団長の大嘘つき！　私だけを愛してるって誓ったのに！

「なんで、なんでよぉ……。ぅぢっ……ぅわぁぁあん!!」

私は子供のように大声を上げて泣いた。泣いても泣いても涙は溢《あふ》れてきて、止まらなかった。

「マリエル……!?　どうかしましたか!?」

エアロが私の泣き声を聞きつけ、部屋に飛び込んできた。

「エアロ……団長が、団長がぁ……。もうっ……何を信じたらいいのかわかんないよ……!!」

エアロは私をギュッと抱きしめてくれた。私はエアロにしがみつき、ひたすらに泣いた。

泣き疲れた私はいつの間にかエアロの胸の中で眠った。


翌朝、ベッドで目覚めると、温《ぬく》もりを近くに感じた。

「おはようございます、マリエル」

顔を上げると、エアロが微笑んでいる。

「え、エアロっ⁉」

「昨日、私にしがみついて泣き疲れて、寝てしまったでしょう？　ベッドに運び込んだのですが、ちっとも離してくださらなくて」

「ご、ごめん。私……」

離れようとする私をエアロは軽く抱きしめた。

「いいんですよ。彼のことで、辛いことがあったんでしょう？」

私はこくり、と頷く。昨夜見たものを思い出して、また視界が滲む。

「マリエル。私もシーラ様もマリエルが来てから本当に楽しいんです。できればこれからもずっと一緒にいられたらと思っています。私とシーラ様にはマリエルが必要です。これからもここで一緒に暮らしてくれませんか？」

「エアロ……」

「私なら絶対にマリエルを悲しませるようなことをしません。……私を選んでくれませんか？」

エアロは私の頬に手を添える。私は軽くパニックだ。こ、これって告白されてるの？

「ま、待って……!!　大体エアロは鴉だし……」

「あ、そのことなんですけど……」

「なになにー？　二人揃って、ベッドに入ってるじゃない！　怪しいわねぇ♪」

ニヤニヤしながら、シーラ様が部屋に入ってきた。私は慌てて身体を起こす。

エアロはため息をついて言う。

「シーラ様。やめてください」

エアロがシーラ様を睨みつける。

「え？　何か、エアロがなんだか違う……」

エアロは困ったように微笑む。

「……今まで黙っててごめんなさい。実は、私はシーラ様の息子なんです。鴉には変身してるだけなんですよ。ごく僅かな魔力しか持たない私に使える唯一の魔法なんです」

「え、嘘……。だってシーラ様、最初の着替えの時、鴉だからって……」

シーラ様はあっけらかんと言う。

「そうでも言わないと、ドレスに着替えてくれなかったでしょう？」

「だからって……ずっと騙してたの？」

私は愕然とする。エアロは眉を下げて、私を見つめる。

「ごめんなさい。でも、最近は鴉の姿を全然見せていませんでしたし、いつか気付くかと……」

思わず声が大きくなる。

「気付くわけないでしょ!!」

朝食が終わってから、どこか他人事のように自分の今後について、考えていた。

きっと団長はあの女性を愛してる。あんな顔をして身体を求める姿を今まで見たことない。それほど情熱的に彼女を愛しているということなんだろう。

それなら、今更帰っても、団長の邪魔になるだけだ。だけど、まだ正式に婚約してるわけじゃないから、私が戻ったって関係ないか。……団長にとっては可愛がってた部下が戻ってきただけの話なのかもしれない。

王都には騎士団のみんながいるし、家族もいる。もう団長はあの女性に夢中で、私の存在さえ忘れてるかもしれないが、他の人たちは心配してくれているだろう。そう考えるとやはり王都に戻った方がいいのかもと思った。

でも……

シーラ様とエアロはきっと誰よりも私を必要としてくれてる。このまま城の中で生きていく……それはとても閉鎖的な生活だが、シーラ様とエアロがいるなら大した問題じゃない気がした。

お昼にはシーラ様とエアロに本当にこれからもここで暮らしても構わないか？　と確認した。二人は諸手をあげて喜んでくれた。

私は夕方、クローゼットを開けていた。最初にここに来た時に着ていた騎士服がある。これを今後もう着ることはないんだと思うと、感慨深い。団長を追って入った騎士団。私が初めて私らしくいられた場所。そして、馬鹿げた提案からだったけど、団長に恋をして……たくさん愛してもらった。

振り返ると、本当に幸せだった。苦しいくらいに団長が好きで……こんなにも誰かを好きになる日が来るなんて思いもしなかった。

本当は今でも会いたい。団長の気持ちが私にないと知っても、簡単に忘れることなんてできない。いや、一生忘れることなんてできない。団長は、これからもずっと私の最愛の人だ。

エアロは優しいけれど、団長じゃない。私が本当に心から愛してるのは団長ただ一人。

でも、団長は他の女性を愛してしまった。私が今戻ったら、団長が愛するあの女性との関係にひびが入るかもしれない。愛する人といられることがどれだけ幸せで、かけがえのないものか……私は団長に教えてもらった。だからこそ、団長のために身を引くべきなんだ。

目を瞑って、団長との思い出を振り返っていく。どの団長も真っ直ぐに私のことを想ってくれたな……あの瞳で見つめてもらえないんだと思うと辛くて……胸が苦しい。

でも、あんなに私のことを何年間も一途に想ってた団長がすぐ恋に落ちたりするなんてね……

その時、ふと、想いが通じた夜のやり取りを思い出した。

——俺のことを想ってくれたんだよな？

——はい。なんだか間違っちゃいましたけど

——もういい。でも、これからはちゃんと話そう。悩みがあったら言ってくれ。一人で答えを出

そうとするな。今回のような思いをするのはもう二度とごめんだ
……この言葉は今でも有効なのかな？

結論を出すのは早すぎる気がした。勝手に自分で答えを決めて逃げ出したら、前回と一緒だ。

あの女性と並ぶ団長を見るのは辛いけど、一旦王都に戻って、私の存在が団長にとって、本当に迷惑なものだと確認できたら、ここで暮らせばいい。

……やっぱり団長の口からちゃんと聞くまで諦められない。一旦、王都に帰ろう。

そう、決めた。私は騎士服の袖をギュッと握った。

すると、どこからかチャリっと音がした。ポケット……になにか入っている。

取り出してみると、アン先輩から預かっていたペンダントだった。ここに来た時に外して、ずっとポケットに入れたままだった。

「そっか、これも返さなきゃいけないものね……！」

なんだかアン先輩が私の出した答えを肯定してくれているような気がして嬉しくなる。

私は、感謝を込めてペンダントを見つめた。その時、あることに気付いた。

「あれ？　これって――……遠鏡《えんきょう》と一緒？」

そういえば、これも魔道具だってアン先輩が言ってたっけ。

でも、遠鏡《えんきょう》は周りの文字が赤だけど、アン先輩のは周りの文字が緑だ。

効果はどうなんだろうか？　二つとも同じのが見えるのだろうか。私は片手に一つずつ持ち、団

長を強く想った。

すると、驚くべきことに二つは違う映像を映し出した。

遠鏡《えんきょう》は昨日と同じ。女性と身体を重ねる団長。

アン先輩の鏡に映った団長は……指揮官室で切なげにソファを見つめていた。

……本物の、団長だ……!!

アン先輩の方を見たら、遠鏡《えんきょう》に映る団長は完全に偽物だとわかった。姿形が同じだが、雰囲気が全く違う。なんでこれを団長だと思い込んでいたんだろうと、不思議なくらい。

ジワジワと喜びが湧き上がってくる……。団長が私を待っていてくれてる！

早く団長に会いたい！　強く、強く抱きしめてその存在を確かめたい!!

羽があれば、今すぐにでも王都に飛んでいきたいくらいだった。

アン先輩の鏡に映る団長を瞳に刻みつけるように見つめる。

元気がなさそうには見えるが、本物の団長だ。ふとした瞬間に左腕が動き、腕がしっかりと治っていることも確認できて、ホッとする。

ソファを見ているのは、きっとレッスンのことを思い出しているんだろう。初めて私が団長に触ってもらった場所だもの、絶対そうだ。本物の団長を見たら、その心の中を占めているのが、自分だと確信できた。切なく揺れるその瞳には、あの日の私が映っているに違いない。

フッとアン先輩の鏡の団長が消える。私は、ペンダントをぎゅっと握り、胸に抱きしめた。

「団長、待っていてください。必ず帰ります……！」

この想いが団長に届きますように、と願いを込めながら、呟く。

決意を口に出せば、また一段と心に火が灯るようだった。今なら何でもできそうな気がした。

その時、ギィと扉の開く音がした。

「まさか遠真鏡《えんしんきょう》を持っているとはね……」

慌てて振り返ると、シーラ様が扉に寄り掛かり、こちらを見ていた。

「シーラ様！」

「うちにはない魔道具の反応があったと思って来てみたら、こんなことになっているとは思いもしなかったわ。マリエル……どちらが真実かわかるかい？」

シーラ様は悲しげな顔で私に問う。……私は確信を持って答える。

「はい。こちらのペンダントが真実です」

シーラ様は頷いた。

「そう、正解。ペンダントの方が遠真鏡《えんしんきょう》、遠くの真実を映す鏡。私が渡した手鏡が遠贋鏡《えんがんきょう》、術者の望む偽物を見せる鏡。マリエルに渡す前に私はあの男が他の女と結ばれる姿が見えるよう術をかけた。あと一歩だったのに……ね」

「シーラ様、何故このようなことを？」

私の知っているシーラ様は優しい人だ。こんな風に人を騙して喜ぶような人じゃない。

「これまで話した通りよ……寂しいの。私はずっとここに閉じ込められている。魔女といえば聞こえはいいけど、いつ来るかもわからない国難に備えて、ただ生きているだけ。国のために力を使うしか能がない。力を使っても魔獣を生み出すから、誰にも感謝なんてされやしない」

「でも、エアロがいるじゃないですか」

「あの子は……きっと私を恨んでいる。恨まれて当然だわ。一人じゃ生きていけない私を世話するしかなく、ここにずっと縛られて生きているの。それに鴉に変身できる人間なんてどこにいる？　気味が悪くて誰もが近寄らないでしょう？　……だから、私はあの子をちゃんと見てくれる女性と巡り合わせたかった。マリエルを見た時にこの子だと思った。エアロも気に入ってたしね」

「シーラ様……」

その寂しげな表情を見たら、わずかに残っていた騙していたことに対する怒りは萎んでいってしまった。今まで長い年月の孤独に耐えてきたシーラ様が、誰か一緒にいたいと思うのも、仕方ない。

「本当は無理矢理にでも引き止めたいけど……マリエル、あなたのことが本当に大事になってしまったの。あなたが悲しむようなことはしたくない。……王都へ行くのよね？」

「……はい。私、団長のところに戻りたい」

「わかったわ……。一日早いけど、今からすぐにエアロが送り届ける。私の決心が鈍らないうちに。……エアロ」

すぐにエアロはきた。

「マリエルが王都に帰ることになったわ」

「え……？」

エアロの動きが止まる。

「マリエルに見せていたのは私が見せた嘘の映像なの。真実を知ったマリエルは王都に帰ることを決めたわ。飛んで送っていってちょうだい」

「嘘の映像……？　……では、あの男は今でもマリエルを想っているのですか？」

シーラ様が答える。

「えぇ」

エアロは拳《こぶし》を強く握りしめると、真っ赤な瞳で切なそうに私を見つめる。

「マリエル……本当に帰ってしまうのですか？」

「……ごめんなさい。……私、やっぱり団長のところへ帰りたい」

「……わかりました。貴女がそう決めたのであれば、仕方ないですね」

エアロは俯《うつむ》き、息を一つ吐くと顔を上げて笑った。優しい穏やかな表情だった。

私はシーラ様とエアロに向き直り、口を開いた。

「この一か月半、本当に親切にしてくださってありがとうございました。もうお二人は私の大切な家族です。また時々遊びに来てもいいですか？」

シーラ様の瞳からはポロッと涙が溢《あふ》れた。

「私を……許してくれるの……？」

「えぇ……私もシーラ様が好きになっちゃったから。それに鏡のこと、シーラ様はいつか真実を教えてくれてた気がします。シーラ様は優しい人だから……」

「マリエル……ありがとう。私の可愛い娘……」

シーラ様は私を抱きしめてくれる。なんだか出会った時よりも一回り小さくなったように感じるその身体を私も抱きしめ返した。細い細いこの身体で、魔獣を生み出す恐怖と一人戦ってきたなんて、どれだけの重圧だろう。これからは少しでもその支えになれれば、と思った。


「エアロ。マリエルを頼んだわ」

「かしこまりました」

これからエアロが飛んで送っていってくれるのだ。

「そうだ、マリエル。夜会に着ていくドレスは私がこの後仕上げて、明日届けさせる。どこの令嬢にも負けない最高のものを作るから、楽しみにしていておくれ」

「シーラ様、ありがとう。……あの、色は――」

「わかってる、あの男の瞳の色を身に着けたいんだろう。まったくノロケちゃって」

シーラ様はウインクをした。

「マリエル……今までここに閉じ込めて悪かったわね。……実は寂しい反面、ホッとしているの。マリエルはあの男と一緒にいる時のような幸せな表情は見せてくれなかったから。こんなこと言うのもおかしいけど、気付いてくれてよかった。ねぇ……、本当にまた会いに来てくれる？」

私は笑顔で答える。

「もちろん！　あ、私のお友達も連れてきていいですか？」

「女性なら構わないわよ。でも、魔女に会いにいきたいなんて物好き、いるかしら？」

シーラ様は首を傾げる。私はニコッと笑う。

「心当たりがあります!!」

「そう。じゃあ、楽しみにしてるわね」

「あと、シーラ様、呪いの依頼人についてですが……」

「そうだったわね。夜会の衣装と一緒に手紙に書いて送るわ。それをあの男に渡して」

「わかりました。ありがとうございます!!」

「じゃあ、マリエル……行ってらっしゃい」

「行ってきます！　シーラ様!!」

エアロは私を抱き上げると、背中に真っ黒な羽を生やした。

「……マリエル、行きますよ。しっかり掴《つか》まっていてください」

「え……きゃぁぁぁあー!!」

エアロはものすごく速く飛んだ。それは経験したことのない速さだった。シーラ様特製の魔法付与済みマントを巻いていなかったら、私は生きていなかったかもしれない……

数時間飛んで、なんとか王都に着いた。エアロに抱かれていただけだが、寒いし、高いし、速いし、怖いし、騎士としていろんなことを経験して来た私もさすがにもう経験したくない行程だった。

官舎の近くに降ろしてもらう。

「エアロ、本当にありがとう」

私は震える足でようやく立って、エアロに御礼を告げた。

「いえ、こちらこそ。マリエルと過ごした日々は私たちにとってかけがえのないものになりました。……そして、私も誰かを愛しく思うことができるんだと知りました。いつか私もマリエルのように誰かを愛することができたら、と思います」

エアロは優しく微笑んでくれる。

「うん、エアロなら絶対大丈夫だよ。エアロみたいな優しい人、私知らないもん」

「ありがとうございます。では、明日、ドレスをお届けに参りますね」

エアロは私の額にキスを落とした。家族にするような優しく、軽いキスを。

「おやすみなさい、マリエル」

「うん、エアロも気をつけて帰ってね」

その時、誰かが私を呼んだ。

「……マリエルっ⁉　マリエルなの⁉」

振り返ると、そこにいたのは副団長だった。大きな目をより大きくさせて驚いている。

「では、マリエル、また」

副団長の姿を確認すると、エアロは逃げるように飛び立っていってしまった。

「マリエルじゃない！　無事で本当に良かった‼」

副団長は痛いくらいに私を抱きしめた。

声が涙声になっている……副団長にも心配かけちゃったな。

「副団長、ご心配おかけしました」

副団長は、涙を拭いながら、笑ってくれた。

「いいのよ、無事に戻ってきてくれたんだから。ねぇ、もうジルベルトには会った⁉」

「まだです。たった今、送ってもらったばかりで」

「じゃあ、早く会いにいってやりなさい。きっと例の療養室にいるわ。マリエルとの思い出の場所なんでしょ？　夜になるとあそこにばっかり籠《こも》ってるから」

「わかりました。ありがとうございます！」

私は駆け出した。

「あとで、いろいろ説明してよねー！」

副団長が叫ぶのが聞こえたが、返事もせずに私はワンピースの裾をバサバサと靡《なび》かせて走った。

早く……早く、会いたい。愛しいあの人に。


あの部屋へ行くと、電気がうっすらと点《つ》いていた。

団長はなんて言うだろう……驚くかな？　ドキドキしながら、ゆっくりと扉を開ける。

団長はベッドで眠っていた。私はベッド脇へ座り、団長の柔らかい髪を撫でた。

久しぶりに会った団長は、少し痩せていた。それに少し目の下に隈がある。この一か月半、あまり寝てないのかもしれない。目尻には一筋涙が通ったような跡がある。

私のことを想って、こんなにボロボロになっている団長を見て、疑ったり、離れようとした自分が恥ずかしくなった。私は自分で思うよりもずっと団長に愛されてるんだな……と実感して、また団長への想いが溢《あふ》れていく。

寝息を立てて、穏やかに眠る団長の頭をしばらく撫でていると、団長が目を覚ました。

「……マリ、エル……？」

「はい」

団長は柔らかく微笑む。

「……いい、夢だ」

「ふふっ。夢じゃないですよ。シーラ様のところから戻ってきました。もうどこにも行きません」

でも何故か団長の顔が悲しそうに歪《ゆが》む。今にも泣きそう……一体どうしたんだろう？

「これが現実だったらどんなにいいか……。今日もまた触れたら、消えてしまうんだろう？」

団長は上半身を起こして、私をギュッと抱きしめた。

団長は、この一か月半、すごく辛かったんだ……私の幻覚まで見るほどに。

私は、団長の背中に腕を回して、強く強く抱きしめ返した。

「大丈夫。夢なんかじゃありません。……ずっと不安にさせちゃって、ごめんなさい、団長」

大好きな団長の匂いを胸いっぱいに吸い込む。

……あぁ、この腕の中に帰ってこられた。ここが、私の居場所だ。

しばらく抱きしめ合った後、団長はハッとして身体を離した。目を丸くして、私の頭をゆっくり撫で、頬に手を添える。親指で唇をなぞり、耳を撫でる。

「ふふっ……くすぐったいですってば」

「ほんとに……マリエル、なのか……？」

「私以外、誰に見えます？」

「本当に、マリエルだ……っ!!」

団長は、再び私を強く抱きしめた。

もう離さないとばかりに……私たちの間に何も入れないように。

「団長、たくさん待たせてごめんなさい。一緒に帰るって約束守れなくてごめんなさい。ちゃんと待っていてくれて、ありがとう。……私、団長が大好きです」

団長は首を横に振った。

「……いいんだ。いいんだ、マリエル……。マリエルが俺のところに戻ってきてくれた。それだけで……十分だ」

団長は静かに一筋の涙を零《こぼ》した。

私もいつの間にか泣いていた。

私たちは涙を隠すこともせず、唇を重ねた。久しぶりのキスは涙の味がした。

キスだけで頭がビリビリするほど気持ち良い……私の身体全部が団長を求めていた。

頭の先から爪の先まで団長で満たしてほしい……そう、思った。

団長は私の口内を存分に蹂躙《じゅうりん》した後、顔中に小さなキスを降らせた。その間にワンピースの前ボタンを上から一つずつ外していく。腹部までボタンを外したところで団長のキスは止んだ。

「マリエル。今までも……これからも俺にはマリエルだけだ」

団長は耳元でそう囁《ささや》いて、首筋をツーっと舐めた後、耳をくちゅくちゅと舐める。

その間に自分のシャツのボタンを外したようで、シャツの隙間からは変わらず、美しい胸筋と腹筋が見える。

団長の舌は、胸の谷間に移動した。ゾクゾクとした快感が乳房に満ちる前に、胸当ての上から乳首を甘噛みされ、強制的に発情させられる。もっと胸を触ってほしいという私の願望は叶えられず、彼の舌は脇腹や臍《へそ》を舐める。

私の腰はもじもじと動いてしまう。団長はそれを見て、フッと短く笑った。

「マリエル、どこを触ってほしいんだ」

「んっ、は、はずかしい……」

「恥ずかしくなんかない。今日はマリエルを思いきり気持ち良くしたいんだ。俺を求めてくれ」

団長の目が熱い……私を求めている。

そう思ったら、私も恥ずかしさなど捨てて、団長を求めたいと思った。

「お、おっぱいが切ない……の。いっぱい揉んで、舐めて、齧《かじ》ってほしい……」

団長が胸当てをずらし、胸を弄《いじ》り始める。最初は大きく揉んで、乳首を掠《かす》りながら、徐々に感度を高めていく。次に右の乳首を口に含んで、舌全体で味わうように舐め回す。左の乳房も大きく揉まれたと思ったら、急に乳頭を押し潰《つぶ》される。

「あっ!!　はぁ……っん!!」

時々痛いくらいに乳首を摘まれるが、それすら快感になる。

「んあぁっ!!　はぁっ、あんっ！　おっぱい、きもちぃぃよぉっ！」

団長は右手でワンピースのボタンをさらに外していく。その間も団長の舌と左手は、絶えず私の胸を可愛がってくれる。

ボタンを全部外すと、団長は私からワンピースを取り払った。ほとんど脱げていた胸当ても外す。

残ったパンティは、団長に触れてもらえる喜びとこれまでの愛撫《あいぶ》で十分すぎるほど濡れていた。

「胸だけでいいのか？」

「いやっ、下のツンってしてるところもぉ……いっぱいクリクリしてぇ！」

右手がパンティの中に入ってきて、陰核を責めた。ゆっくり周りをカリカリと刺激し、確実に陰核を立たせるとぎゅっと優しく押し潰《つぶ》す。陰核を押し潰《つぶ》したまま、クリクリと指を動かしていく。

胸にも変わらず刺激が与えられ、身体中に快感が満ちていく。団長の指の動きが徐々に速くなり、乳首を痛いくらいに吸われる。

「あ、あぁ……っ!!　んあんっ!!　だめっ！　イっちゃうっ!!　イっちゃうよぉぉお!!」

「あぁ……イけ」

次の瞬間、目の前が真っ白になって、快感が身体を駆け巡る。

「……はぁっ、はぁ……」

全身に力が入らない私をよそに団長は、パンティに指をかけて、私の足から引き抜く。

団長は一回、身体を起こし、私を上から視姦した。

「マリエル……、綺麗なままだ。本当に俺だけのマリエルだって、実感させてくれ……」

団長は壊れ物に触れるかのように、確かめるように、指で私の身体を優しくなぞっていく。

イったばかりの身体にはそれさえも大きな快楽となって、私の中に響いた。

「ん、はぁ……団長、だけ。私、ぜんぶ団長のだよ……」

「あぁ……もう二度と離さない」

団長は噛みつくような激しいキスをくれた。いろんな角度から口付けをする。舌を絡ませ、一滴の唾液も残さないかのごとく吸われる。

私の子宮は再びキュンキュンと疼いていた。足りない、もっと奥まで団長を感じたい。

「マリエル……もう満足か？」

団長の瞳の奥が「もっと求めろ」と私に語りかけているようだった。

「まだ!!　もっとぉ!!　中に……っ！　グチャグチャの、私の中にっ……団長のおっきいのが、ほしいの!!」

「挿れるだけでいいのか？」

「いやぁ……っ！　いっぱい何度も擦って、奥まで突いて!!　中に……っ、団長のあったかいの、赤ちゃんのもと、たくさん出してぇ!!」

「よく言えたな。……一緒にいっぱい気持ち良くなろう」

団長は私の蜜壺にゆっくり指を入れた。フッと笑う。

「これだけ濡れてれば、すぐにでも入りそうだな」

そう言いながら、指を動かし始める。私の蜜壺は抵抗もなく、それを難なく受け入れ、私の中は悦《よろこ》んだ。団長の指が私の良いところをくいくいっと刺激する。

「はっ……ああっ！　おかしく、なるぅ……っ!!」

「おかしくなれ。俺も……もう我慢できない」

いつの間にか団長は下を脱ぎ捨てていた。陰茎が凶暴なくらいそそり立ち、テラテラと先端が輝くように濡れていた。

団長が私の割れ目に陰茎をあてがう。私の愛液をたっぷりと陰茎に纏《まと》わせるように、割れ目の上を滑っていき、再び陰核を刺激する。気持ちいいのに、中に来ないことに悲しくなる。

「あっ、いやぁっ!!　なかにっ、なかにほしいの!!」

「わかってるから、そう急《せ》かすな。挿れるぞ……っ」

団長は蜜口にぐっと押しあて、徐々に陰茎を埋め込んでいく。私の蜜壺は久しぶりの感覚に悦《よろこ》び、陰茎をもっと奥に奥にと呑み込むように蠢《うごめ》く。

「ああっ！　だん、ちょっ!!」

「……くっ。良過ぎて、すぐに出そうだ……！」

団長の陰茎が奥まで来た。私の身体の必要な部分が全て埋まったような気がする。

「あっ、だんちょう！　すき……っ!!」

「俺もだ……っ！　マリエル……愛してる」

次の瞬間、団長が私の腰を持ち、自らの腰を激しく振り始めた。室内には私の喘《あえ》ぎ声と団長の熱い吐息、そしてパチュンパチュンと規則的な水音が響いている。

「あぁんっ！　はぁ！　あぁん‼　……いぃ‼　だんちょ、あぁっ‼」

まるで全身が性感帯になったようだった。絶えず嬌声《きょうせい》が口から零《こぼ》れていく。奥に陰茎が押しつけられれば、快感で身体が跳ねる。団長が触れたところから快感が走り、身体が燃えるように熱かった。私の膣内は、陰茎をぎゅうぎゅうと締め付け、団長の子種を求めていた。

「あぁっ！　や……っあっ！　はぁん‼」

団長は顔を歪めた。

「マリエルの中にっ、出すぞ！」

「あっ、あっ‼　いっぱい出して……‼」

私の身体がビクビクと跳ねると同時に、団長の陰茎が私の中で震え、子種が私の膣内に放たれる。火傷しそうなほど熱く、まるで団長の想いを表しているようで、私は幸せな気分で満たされた。

私が快感でぐったりしているのに、団長は陰茎を入れたまま、私にキスをしたり、胸を弄《いじ》ったり、腰を揺すったりしている。小さな嬌声《きょうせい》が漏れてしまう。また、子宮が疼《うず》き始めるのを感じて、早く抜いてもらおうと思った。

「ぁんっ、もぉ……団長、出たでしょ？」

「ん……？　そうだな」

団長は返事をしながらも、私の身体を弄《いじ》るのをやめない。

「やぁんっ！　だめぇ……気持ち良くなっちゃう」

「あぁ、気持ち良くなれ」

私の中に入ったままの陰茎は、硬度を保ったままだ。……うそ、まさか？

「え……団長？」

「たくさん、ほしいんだろ？」

団長はニヤリと笑って、私の最奥に陰茎を塗りつけるように動かした。

「あああぁんっ!!　……もっ、やぁっ!!」

再び身体が快感に支配されていく。

「まだだ、まだ足りない……っ！」

団長は今度は私の片足を上げて、より深く陰茎を突き刺した。

「ああっ!!」

「はっ、またイったのか？　中がすごい締まってる」

「あぁっ！　そ、ゆこと……言わないで！」

「ふっ。話す余裕があるんだから、まだまだイける、よな？」

団長はそう言うと、腰を速く動かす。

さっきと違うところに当たる。これ以上いけないところまで、団長が入っている気がする。

「はぁっ！　あっ、あっ、だめぇ……っ!!」

「いいんだろっ？　俺のをぎゅうぎゅう締めつけて、離さないって言ってる」

団長は容赦なく私の奥を突く。

「あぁ!!　うんっ、……いいっ！　ひぃ……ん！　おくっ気持ちいぃ……っ!!」

団長は腰を動かしながらも、指で乳首や陰核を刺激する。もう身体が溶けていくようだった。

「あぁ、いい子だ、マリエル。俺ので、いっぱい気持ち良くなってくれ！」

「はっ、あっ……あぁん!!」

結局その後、私は数え切れないくらいイかされ、団長も溢《あふ》れるほどの子種を私の中に吐き出した。

団長って絶倫ってやつなのかな……

薄れる意識の中、私は今まで団長がいかに手加減してくれていたのかを知ったのだった。

第六章　夜会と真実

「マリエル……、マリエル……」

団長の優しい声がする。

「……ん、だんちょう？」

団長はもう起きていたらしく、着替えて、ベッドに座っている。

私の髪を優しく梳《す》く。

「寝てるのに起こして悪いな」

「ううん。こんなによく寝られたの久しぶりです。ふふっ、団長と一緒だったからかな……」

団長は私の額にキスを落とす。

「いっぱいしたからだろ？」

「そ、そういうこと言わないでくださいっ！」

私は思わず布団を上げて、顔を隠す。

「あー、可愛すぎる。あんなにしたのにもう抱きたい」

団長がニヤリと笑う。

「い、今すぐは無理です。腰も少し痛いし……まだなにか入ってる感じで違和感が……」

「久しぶりだったからな。これから毎日すれば違和感なんてなくなるさ」

「ま、毎日……!?」

「あぁ、遠征が終わったら蜜月を過ごすと言ってたろう？　この夜会にマリエルが戻ってくると信じてたから、今日から二週間休暇を取れるよう調整した。……万が一戻ってこなくても、迎えにいくつもりだった。これ以上離れるなんて無理だ」

そうだったんだ……。でも、自分で戻ってこられて良かった。

「毎日するかは別として、私もしばらく団長とゆっくりしたいです」

団長は額にキスをしてくれた。

「あぁ。まずは今日の夜会が終わってからだな。それでな、マリエル。お前に届け物があると言って、男が来ているんだが」

「あ、エアロかな？」

「は……？　呼び捨てにするほどの仲なのか？」

顔は笑ってるけど、なんだか団長の纏《まと》う雰囲気が黒い……

「な、なんにもないですよ？　私が好きなのは団長ですから、ね？」

「それはわかっている。……あとでどういう関係か、教えてもらうからな。言えなきゃお仕置きだ」

私は固まる。これは言ってても言わなくても、お仕置きされる。

その時、外から副団長の声が聞こえた。

「ジルベルトー！　マリエルー！　エアロさんが待ってるんだってば。早くしなさいよ！」

「あれ。団長……今は朝ですか？」

「いいや、朝どころか昼も過ぎてる。あと数時間で夜会が始まる」

「え!?　私、大寝坊じゃないですか！」

急いで着替えようとベッドから降りて、立ち上がった瞬間、太ももをなにかが伝う感触があった。

「……へ？」

「あれだけ注いだからな。溢《あふ》れてもくるか」

呆然とする私とは違い、団長は満足げに伝い落ちる白濁を見つめる。

……これじゃ会えない。匂いで何もかもわかっちゃう気がする。私はすぐに向かうのを諦めた。

「……急いでシャワー浴びてきます」

お風呂場へ急ぐ私に団長が付いてこようとする。

私は振り向いて、団長を制止した。私だって少しは怒っているのだ。

「団長はエアロのお相手を。お風呂場に入ってきたら、一週間はエッチしませんからね」

「なっ……！」

団長は不満気な顔を隠しもしなかったが、それを放置して、私はお風呂場のドアを閉めた。


「すごく綺麗……」

エアロが持ってきてくれたシーラ様のドレスは素晴らしかった。団長の瞳と同じコバルトブルーの生地に、星を連想させるような金や銀の刺繍《ししゅう》は糸とは思えぬほど輝き、夜空に無数の星を鏤《ちりば》めたような美しさだった。何枚も重ねられた透け感のある生地は、光沢があり一枚一枚の手触りも素晴らしく、うっとりするような触り心地だ。

隣で団長も息を呑む。

「確かに……これは素晴らしいな……」

エアロは嬉しそうに微笑んだ。

「これはシーラ様の最高傑作だそうです。昨日、マリエルが帰ってから自室に籠ってずっと作り続けていました。ドレスと手紙を私に託すと、すぐに力尽きたように寝てしまいましたが」

シーラ様の気持ちがドレスに込められているようだった。

「エアロ、シーラ様にありがとうございますと伝えて。エアロも届けてくれてありがとう。また今度会いにいくね」

「はい、お待ちしてますよ。マリエル」

微笑み合う私たちの隣で団長が声を荒らげる。

「ちょっと待て、マリエル！　また会いにいくとはどういうことだ!?　またあの城に行くだと!?　俺から離れるなんて許さない！」

「わかってますって！　すぐの話じゃないです。あとで話しますから。落ち着いてください」

「……絶対だからな。包み隠さず全て話せ」

エアロが呆れたように口を開く。

「はぁ……マリエル、こんなに余裕ない人が好きなんですか？　僕の方がマリエルの全てを受け入れられるのに」

「貴様……っ！　やっぱりマリエルを……！」

団長が立ち上がる。私は団長の腕を掴《つか》んで止める。

「団長！　喧嘩しないで！」

エアロはそれを馬鹿にしたように鼻で笑う。

ダメだ……この二人、相性が悪すぎる。


エアロを見送って、私は夜会へ参加する準備に入った。

団長が手配してくださった公爵家の侍女の皆様の腕は、素晴らしかった。

私はみるみるうちに着飾られ、唖然としながら鏡に映る自分を見つめた。

「すごい……」

侍女の皆様は、終始こちらが恥ずかしくなるほど褒めてくれた。

もちろんシーラ様のドレスも大好評で、「こんなドレスは見たこともない」と言ってドレスを褒め称えた。

侍女の皆様の技術とシーラ様のドレスのおかげで、私は立派な令嬢に仕立て上げられたのだった。

「俺だ。準備は終わったか？」

団長だ!!　なんて言ってくれるだろう……ドキドキしながら答える。

「は、はい！　終わりました」

「入るぞ」

扉を開けて、私の姿を見た団長はその場で固まった。

団長はいつもの騎士服ではなく、夜会用のタキシードを身に纏《まと》っている。髪の毛も後ろに撫でつけ、普段とは雰囲気の違う団長にうっとりする。

なんてかっこいいんだろう……

「団長……素敵です」

笑い掛けると、ようやくハッとしたように団長は動いた。静かに扉を閉め、私の両肩に手を置く。

……いまだ無言で、私を見つめている。

あれ？　褒めてくれると思ったのに、似合ってなかったかな……

少し寂しい気持ちになって、俯《うつむ》きそうになった時に団長が口を開いた。

「マリエル……今日、夜会に出るのは止めよう」

「……へ？」

「こんなに美しいマリエルが現れたら、男女かかわらず皆の目線を釘付けにしてしまうだろう。そんなの耐えられない……！」

団長の目は真剣そのものだ。まったくこの人は……

私は、眉根を下げて笑った。

「そんな、大袈裟ですよ」

「大袈裟ではない」

また団長の独占欲が……困ったものだ……

私は彼の手を肩から外して、両手で包んだ。

「団長。私は団長に婚約者としてエスコートをしてもらうのを、ずっと楽しみにしていました。こんなにかっこいい団長が私の婚約者だと皆に知ってほしいです。私だけの団長だと」

団長は困った顔をして、笑った。

「そうか……その気持ちならわかる。俺も美しく可愛いマリエルを誰にも見せたくない半面、皆に俺の婚約者だと知らしめてやりたい。マリエルを美しく開花させたのは自分だと」

確かに団長に恋をしてから、私は綺麗になった気がする。スタイルが良くなったのはあるが、それよりも団長を好きだと想うその気持ちが私を綺麗にしてくれたんだと思う。

「ふふふっ。全部、団長のおかげです。大好き！」

私は団長に身を寄せた。

団長は私をぎゅっと抱き寄せて、ため息を吐いた。

「仕方ない。今日だけは我慢するか……」

抱きしめ合う私たちを公爵家の侍女の皆さんは唖然として見ている。

「そうだ、マリエルこれを」

団長は、掌ほどの真っ白な箱を取り出した。

「これは？」

団長は微笑んで、箱を開ける。

そこには息を呑むほど綺麗な白く輝く首飾りがあった。驚いて言葉も出ない私に団長は言った。

「婚約の首飾りだ。今日のために準備した」

私は潤んだ瞳で団長を見上げる。

「受け取ってくれるか？」

「……はい」

団長は背後に回り、私に首飾りを付けてくれた。

「俺の愛を一生涯、マリエルだけに」

そう耳元で囁《ささや》くと、首筋にチュッと口付ける。

この国では、婚約の証に白い首飾りを贈るのが慣わしだ。そして、男性の瞳の色のドレスを着る。

シーラ様が作ってくれた美しい夜空を連想させるようなドレスに、団長が贈ってくれた白い首飾りを合わせると、まるで夜空を美しく照らす明るい月を思い起こす装いとなった。

侍女の方々からは、はぁ……とため息が出る。

私は今までルブルス様の婚約者でありながら、首飾りを贈られたことはなかった。

今考えると、ルブルス様は一度も私を婚約者だと認めたことはなかったんだろう。

「私、団長と出会えて、本当に良かった……これからも、どうぞよろしくお願いします」

私が団長に向き直ると、団長は優しく微笑んで言った。

「あぁ、これからはずっと一緒だ。そうだ。もう婚約者になったんだから、『団長』は駄目だぞ？

夜会中に団長とは呼ぶなよ？」

「あ、そっか……。ジ、ジルベルト様？」

「それでもいいが、マリエルにはジルと呼ばれたいな」

「ジル様……？」

「……いいな。別に様はいらないが、今日のところはそれで良しとしよう」

「はい……ジル様」

私達は腕を組んで夜会会場に向かった。


会場にはすでに多くの人が集まっているようだった。私は扉の前でほぼ初めてとなる夜会にとても緊張していた。

「マリエル大丈夫か？」

「緊張で……」

この雰囲気を前にして、私はかつて同世代の令嬢たちから浴びせられた辛辣《しんらつ》な言葉や悪意に満ちた視線を思い出していた。かなり時間が経ったからさすがに忘れたと思ってたのに……

団長は、私のこめかみに軽くキスをした。

「大丈夫だ。俺がついてる。それに、俺は誰に何を言われたってマリエルと一緒なら平気だ。……マリエルはどうだ？」

団長は腕に掛けた私の手に優しく手を重ねた。

団長の手の温《ぬく》もりが私の心に勇気を灯してくれるようだった。

もう一人で耐えなくてもいいんだ。

「……私もジル様と一緒なら大丈夫です！」

団長の瞳を見て答えると、微笑んでくれた。

「その意気だ。マリエルは強く、美しく、可愛い俺の自慢の婚約者だ。胸を張って前を向いて歩けば良い」

「はい」

私たちがホールに入った瞬間、ザワザワしていた会場が一瞬にして、静寂に包まれる。会場の皆の視線を集めながらも、私たちはその中をゆっくり歩いていく。私と団長の足音がホールに響いた。

徐々にざわめきが戻り、皆、口々に私たちのことを噂する。団長や私の容姿を褒め称える声や初めて見るドレスに驚く声が聞こえる一方で、みっともない理由でルブルス様に振られた女騎士だとか、団長とは身分違いだと揶揄《やゆ》する声もあった。

でも、不思議となんとも思わなかった。周りの人になんと言われようと、腕を掛けたこの温もりだけ信じていれば大丈夫。

もう何にも怖くないとふっきれたら、団長と夜会に出ているこの状況が楽しくなってきた。私はふふっと声を出して笑う。団長は私の耳に顔を見て近づけ、囁《ささや》いた。

「もうすっかり余裕だな。どうした？」

団長もどこか楽しそうだ。私も内緒話をするように顔を近づける。

「嬉しいなって。ジル様の隣にいれることが。私、ジル様と一緒なら何も怖くないです。」

「あぁ」

私たちは見つめ合い、微笑んだ。

会場は団長の笑みに騒然となる。

これだけ素敵なんだもん、仕方ない！

私たちは本日の夜会主催者である王太子夫妻にご挨拶をした。王太子夫妻は、今回の魔獣討伐の苦労を深く労《ねぎら》ってくださった。

挨拶が終わった私たちは、あっという間に多くの人に囲まれた。団長は公爵家嫡男でありながら、ほとんど夜会に参加しないため、これを機にお近づきになりたい人で溢《あふ》れた。一方で私のドレスに興味を持った人や、貴族令嬢でありながら騎士として働く私の話を聞きたいという人も多かった。中には過去に私に助けてもらったという令嬢もいて、騎士として誇りに思った。それを団長も自分のことのように喜んでくれた。

時折、私に辛辣《しんらつ》な言葉を投げかけてくる令嬢もいたが、団長の氷のような視線に耐えられなかったのか、そそくさと去っていった。私はそんな令嬢たちを見て、団長に睨まれて怖かっただろうな……と思うほどに余裕を持てるようになっていた。

夜会は楽しく和やかに進んでいた。

その時、扉が開いた。

夜会会場の入口に立っていたのは、私の元婚約者であるルブルス様と、そのパートナーであるリリー様だった。

会場は一瞬ざわめいたものの、すぐに元の雰囲気を取り戻した。

リリー様は相変わらず大きな胸を揺らして、肉感溢《あふ》れるボディを見せつけるように歩いている。

しかし、夜会に滅多に出ない団長と私……というか、ドレスの方がずっと注目度は高い。会場はすぐにルブルス様とリリー様への興味を失った。

リリー様はそれが気に入らなかったらしく、主催者の王太子夫妻へご挨拶にも行かず、入口付近で騒ぎ立てているようだった。

しばらくして周りの人だかりも落ち着いてきた頃、音楽が流れてきた。団長が私に手を差し出す。

「マリエル、踊ろう」

「はい」

ダンスは得意だ。身体を動かすことが大好きなので、小さい頃から大人のステップを真似て、よく踊っていた。昔、付けてもらっていたダンスの先生からは教えることはないと言われた程だ。

私たちは手を取り合って、意気揚々とホールへ出た。

生き生きとする私の姿を見て、団長が口を開く。

「随分と自信がありそうだな」

「ダンスだけは自信があるんです！　ジル様は大丈夫ですか？」

「これでも公爵家嫡男として鍛えられているからな。マリエルがその気なら遠慮はしないぞ」

私たちがホールで踊り始めると、周囲から感嘆の声が漏れる。

遠慮はしないと言っただけあって、団長のステップは素晴らしい。だけど……ついていける！

私たちのダンスに合わせてか、曲の難易度がどんどんと上がっていく。ダンスをする人々が一組、二組と減っていく。団長のステップは速いが、私もそれについていく。楽しい!!

気付いた時には踊っているのは私たちだけだった。最難易度の曲が終わり、会場は万雷の拍手で包まれた。

二人で顔を見合わせ笑みを交わし、会場に一礼して、壁際へ下がった。

「私、こんなに楽しく踊ったの初めてです！　まるで足に羽が生えたみたいでした！」

「俺もダンスがこんなに楽しいものだとは初めて知ったよ」

そう話していた時、カツカツとヒール音を響かせて、リリー様がルブルス様と共にこちらへ歩み寄ってきた。

「なんで貴女がここにいるのよっ!?」

挨拶をしようとしたのを待たずに、リリー様は私を怒鳴りつけた。予想外の展開に唖然とする。

何故彼女は私に怒っているのだろうか？　私とリリー様は、今日で会うのは二回目だ。あの婚約解消の日と、今日。それ以外に一回も会ったことはない。私はリリー様に恨まれる覚えはない……逆ならまだしも。

リリー様のただならぬ様子に団長は私を庇《かば》うようにして立った。彼までも彼女は睨みつけた。

「なによ……貴女、もう新しい婚約者を見つけたの？　なんで貴女だけ……！」

彼女がギリっと歯を食いしばる音がこちらまで響いてきそうだった。

「ど、どうしたんだい？　リリー？」

リリー様のおかしな様子にルブルス様が戸惑いながらも声をかける。

しかし、彼女にはルブルス様の声が届かないようで、私に話しかけてきた。

「愛する婚約者に捨てられたっていうのに、もう次の婚約者⁉　貧相な身体のくせして、男を悦《よろこ》ばせるテクニックだけあるのかしら。とんだ淫乱ね‼」

「……貴様っ‼」

私は団長がリリー様に詰め寄ろうとするのを止める。だが、私も黙っているつもりはない。

「愛する婚約者と仰いましたが、ルブルス様との婚約は家同士で決められたもので、私が彼を愛した事実などありません。ただ今回ありがたいことに婚約解消をしていただきましたので、自らの想いを果たし、本当に愛しいと思える人と婚約をいたしました。ただそれだけです」

リリー様はますます怒りを露《あら》わにした。

「愛しい人ですって⁉　貴女はルブルスを愛していなきゃいけなかったのよ！　貴女は私に婚約者

を奪われて、泣いて過ごす運命なの！　今度こそ……今度こそ私が幸せになるの!!」

リリー様は錯乱しているのだろうか……目は血走り、顔は怒りで醜く歪《ゆが》んでいる。

「リリー、本当にどうしたんだ……？」

ルブルス様はリリー様のただならぬ様子に後ずさる。リリー様は一言呟いた。

「許せない……！　なんで、なんで私ばっかりこんな目に……」

会場が沈黙し、私たちの動向に注目しているのがわかる。リリー様の鼻息荒い呼吸音が響く。

しかし、次の瞬間、リリー様が喉元を押さえて、苦しみ出した。

「がぁっ……ぐぁあーっ!!」

招待客は何事かとリリー様から距離を取っていく。団長は警備についている騎士に叫ぶ。

「この女を取り囲め!!」

一気に騎士が集まり、ぐるりとリリー様を囲む。団長は剣を抜き、私を守るように前に立つ。

「許せない……ゆるせない……。ぐがぁ……っ、かっ!!」

痰《たん》を出すように発声したリリー様の口からは黒い煙が出た。思わず、私は呟く。

「呪いの……煙」

その煙はぼんやりと人型を保つ……そして――

煙は私に向かって突っ込んできた……！　が、それを団長が阻む。

「はぁっ!!」

大きな声と共に会場内にバチバチっという音が響いた。

団長の剣によって、切られた煙がしゅわしゅわと消滅していく。

その場にすとんと座り込む。……今のは何？　一瞬の出来事に頭がついていかない。

状況を理解できないまま、またリリー様が唸《うな》る。周囲が緊張して、彼女の動きを見つめる。

すると、なんとも不思議なことが起こった。

あんなに見事だった大きな胸がみるみるうちに萎んでいき、ドレスは胸元がスカスカになる。腰回りには贅肉が増えていき、ウエスト部分が今にもはち切れそうだ。ドレスからわずかに見える足首も太く、足はヒールに入らなくなるほどむくんでいる。

「……リ、リリー？」

ルブルス様が震えた声で彼女を呼ぶ。

顔を上げたリリー様は……醜く腫れ上がった顔をしていた。肌にハリがなくなり、皺《しわ》やシミが目立ち、髪は艶を失った。元の美貌は見る影もなくなっていた。

「ひ、ひいっ!!」

ルブルス様は幽霊でも見たかのように怯《おび》え、尻餅を付いた。会場も彼女の変貌ぶりに息を呑む。

「お、お前は誰だ!!　リリーはどこだ!?」

「ルブルス……？　何を言ってるの？　私がリリーよ、貴方の愛しの婚約者でしょう？」

ルブルス様は震えながら、近くにいた騎士の足に捕まって叫んだ。

「お、お前みたいな化け物が私の婚約者だなんて笑わせるな！　美しい私の婚約者は美しくなければならないんだ！　お、おい、騎士団！　早くその女を捕まえろ!!」

団長は険しい顔でリリー様を連れていくよう指示を出した。彼女は大きくなった身体で必死に抵抗していたが、騎士の前では無力だった。周りの招待客はリリー様の変わり果てた姿を口々に非難し、蔑むような目で見つめる。

ふと窓に映った自分の姿を確認したリリー様は絶望を顔に浮かべ、身体をかき抱くようにした。

「見るな……見るなぁぁあーっ!!」

最後まで大声で喚いていたリリー様だったが、騎士に引きずられていった。

リリー様が去ったのを見て安心したのか、ルブルス様は立ち上がり、何事もなかったかのように私に近付き、手を差し伸べてきた。

「マリエル。とても美しくなったな。今日の君は見事だ。それでこそ私の婚約者にふさわしい」

私は開いた口が塞がらなかった。それは私だけではなく会場中の皆が思っていたことだろう。

周囲の冷たい視線を物ともせず、ルブルス様は自分の都合の良い解釈で話を進める。

「私を救うためにあの女の本性を炙《あぶ》り出そうとしたんだろう。君には私しかいないもんな。そこまで想われては婚約者に戻るほかないよ。ほら、早く手を取って。本当の婚約者はそこの野蛮な騎士ではなく私だと皆に知らせなければ」

信じられない。あんな風に婚約解消を迫っておきながら、復縁しようとするなんて。

私を抱きしめる団長の腕の力が強くなり、額には青筋が立っている。私は団長と共に立ち上がった。

団長は私の腰に手を回す。私は彼の胸にぴったりと頬を寄せた。

「何を勘違いしているかわかりませんが、私の婚約者はこちらのジルベルト・ウィンタール様です。そして、私が心から愛しているのもジルベルト様です」

ルブルス様は唖然としている。

「ウィンタール……って、あの……公爵家、の？」

「あぁ、知っていたのか？　野蛮な騎士を多く輩出している公爵家だがな。今は私が騎士団長だ」

「公爵家で……、騎士団長……」

こうやって聞くと、団長の肩書ってすごいんだなって改めて思う。

なのに、優しくて、かっこよくて、エッチも上手で……私はうっとりと団長を見上げた。

「で、でもっ！　マリエルは……私を……ずっと私を愛していたはずだ!!」

何度も煩《うるさ》い人だ。いい加減にしてほしい。イライラしてきた私の口調もついきつくなる。

「はぁ……何度も言っていますが、ルブルス様を愛したことなど一秒たりともありません」

「……この美しい私が選ばれないなんて……嘘だ」

ルブルス様は信じられないという顔をしている。その時、団長が口を開いた。

「マリエルとの婚約を解消してくれたことには礼を言う。でも、それ以外は別だ。おい、こいつも参考人として捕らえろ」

ルブルス様は「何故私が！」「私に触るな！」「マリエル！」などと叫びながら、連れていかれた。

もう二度と名前を呼ばないでほしい。

その数十分後、私たちは謁見室の前に来ていた。王太子殿下に陛下への説明をするよう連れてこられたのだ。今は王太子殿下が陛下に緊急の謁見を申し込みにいっている。

私は一度も陛下と言葉を交わしたことがない。それゆえに現在、非常に緊張している。

一人ビクビクしていると、団長が隣で静かに笑っている。彼はもう何度も陛下と謁見しているので、全く緊張していないようだ。

「大丈夫だ、マリエル。そんなに緊張するな」

「緊張しますよ！　陛下と話すことなんて普通はないんですからね！」

団長は私の手をぎゅっと握る。

「夜会の時も俺が付いてるから大丈夫だって言ってたろう？」

「夜会と陛下への謁見は違います！」

「そうか？　同じようなもんだけどな。むしろこっちの方が人数が少なくていいじゃないか」

「人数の問題じゃないです！　ところで私は何を答えたらいいんですか？」

団長は私の耳を弄《いじ》りながら答える。

「聞かれたことだけに答えればいい。真相のほとんどは魔女からの手紙に書いてあったからな」

くにくにと刺激されて、耳がくすぐったい。私の耳で遊ばないでほしい。

「ん……もう。シーラ様の？　手紙、もう読んだんですか？」

「あぁ、夜会の前には読んでいた」

団長は私の耳を弄《いじ》るのをやめて、今度は手を握った。

「じゃあ、ジル様はリリー様が依頼主だって知っていたんですか？」

「あぁ。でも、捕縛するのは夜会の後にしろ、と手紙に書いてあった」

「なんでだろ……」

私は思わず首を傾げる。団長は私を見て微笑む。

「魔女は夜会中に呪いが解けることをわかっていたんだと思う。あぁやって公衆の面前で呪いが解ければ、マリエルの婚約解消の悪評が払拭されると踏んだんじゃないか？　それに万が一のために、マリエルのドレスには微弱な結界を施してあるから大丈夫だと。丁寧にも俺の剣にも結界効果のあるワックスを塗ると良いと手紙に同封してくれていたよ。魔女はマリエルを本当に大切に思っているようだな……」

シーラ様の笑顔を思い出しながら、私はドレスを一撫でした。

その後、私たちは王太子に呼ばれ、陛下の前で団長が状況を説明した。私は補足程度に聞かれたことに答えるだけだった。

結局、夜会の日に陛下へ判明している事実のみ報告した団長は、次の日からリリー様とルブルス様の聴取、その裏付け作業などで忙しくなった。休みを取っていたのに、この騒動のせいで蜜月はまたまたお預けとなってしまったのであった。

★
☆
★

あれから数日後、私は実家に戻ってきていた。

久しぶりに戻った私を、両親と兄、嫁いだはずの姉まで全員総出で出迎えてくれた。

エルスタイン家特製の苺パイを囲みながらお茶にする。

母様が口を開く。再会の喜びで泣いたため、目が赤い。

「まさかマリエルが魔獣討伐に行くなんて……手紙を受け取った時は倒れるかと思ったわ」

父様もそれを聞いて頷く。

「あぁ……。でも、こうやって無事に帰ってきてくれて、本当に良かった」

「父様、母様。心配かけてごめんなさい。私も本当に戻ってこられて良かった」

母様がまた涙を流す。

「本当よ！　帰還式を見に行ったら、マリエルだけいないんだもの。目の前が真っ暗になったわ」

「……みんなが討伐成功で喜んでいる中、私たちだけその空間から取り残されたようだった。何故か負傷者としてもマリエルは呼ばれないし、一体どこに行ったんだと思った」

父様はその時の状況を思い出しているようで机の上で掌を硬く握っていた。仕方のなかったことだけど、すごく心配をかけてしまったことを反省した。

父様は話を続ける。

「でも、帰還式が終わって、私たちが立ち尽くしていた時、ジルベルト君が来てくれてな」

「……ジルベルト、君？」

私が父様の言葉に違和感を持ったところで、母様が急にテンション高く話しはじめる。

「あの時は本当にびっくりしたわよねー！　『ご無沙汰しております』って言われて、このイケメン誰⁉　ってなっちゃったわよ‼　まさかあの可愛いジルベルト君が今の団長さんだなんて、本当に驚き！　しかも、ジルベルト君が公爵家の人間だなんて全然知らなかったわよ！　その上、マリエルとお付き合いしているって言うじゃない⁉　遠征から戻ったら婚約を申し入れるつもりだったとか言うのよ？　きゃー‼」

母様のテンションがおかしい。父様がその様子を横目で見て、ため息を吐く。

「ちょっと、落ち着きなさい」

「あら、失礼」

「話を続けるが、その後にジルベルト君から別室で話を聞いた。そこで、私たちはマリエルが遠征に行くことになった経緯と、マリエルが今いない理由、そして君たちの関係を知った」

父様は、どこか寂しそうに俯《うつむ》いて話す。

「ジルベルト君は深く頭を下げて、私たちに謝っていたよ。『マリエルさんを守りきれず申し訳ありません』って。公爵家の嫡男である彼が伯爵家の私たちに頭を下げて、自分の無力さを嘆いていた。でも、マリエルのことを諦めるつもりはないと。約束の日に戻ってこなければ、迎えにいき、必ずマリエルを取り戻すと誓ってくれた」

母様は微笑んだ。

「えぇ。だから、私たちはジルベルト君の言葉を信じて待つことにしたの。……マリエル、あなた本当に愛されているのね」

団長が両親にそんな配慮をしてくれていたなんて、全然知らなかった。改めて団長の愛情を噛み締めて、私は頷いた。

そこで、ここまで大人しく聞いていた兄様が口を開いた。

「ジル兄もマリエルが好きだって俺に教えてくれたら良かったのにさー」

「そうだった！　兄様、本当に団長とずっと会ってたの？」

兄様は満面の笑みで答える。

「あぁ。ジル兄は俺の憧れの人だからな！　前の遠征から帰ってきた後もずっと会ってたぞ」

「なんで私に教えてくれないのよ！」

兄様は不思議そうな顔をして言う。

「え、聞きたかったのか？　お前の上司とよく会ってるぞって？」

「それはそうだけど……」

「大体な、マリエルはルブルスが本当に好きなんだと思ってたんだ。あんなしっかりお茶会やって、手紙書いててさ。わかりにくいんだよ。だから、ジル兄に聞かれてもマリエルは婚約者にぞっこんだって答えてた。ジル兄もマリエルのこと、妹みたいに気にしてるだけだと思ってたから」

兄様がそんな風に伝えてなければ、もう少しスムーズに気持ちを伝え合えたような気がする……

過ぎたことは仕方ない……と、口を噤《つぐ》む。一方で、兄様ははしゃいでいる。

「でも、マリエルがジル兄と結婚すれば、本当に俺の兄貴だ！　嬉しいなぁ!!」

兄様はニコニコだ。すかさず姉様が言う。

「マリエルと結婚したら、兄様の弟でしょう」

兄様は一瞬真顔になったが、また笑い出した。

「どっちでもいいや！　兄弟だー！」

その姿を見て姉様はため息を吐き、私に向き直って微笑んだ。我が姉ながら美しい。

「マリエル。無事に帰ってきて良かった。……すごく心配したの。貴女が騎士になってから、私も結婚してなかなか会えなくなって……ずっと後悔してた」

私は何のことだかわからず、首を傾げる。いつも自信に溢《あふ》れているように見える姉様でも、後悔することがあるんだ。

「マリエルが出た最後の交流会、あったでしょ？　貴女が十二歳の時の。覚えてる？」

私は頷いた。

「うん、もちろん。あの交流会で騎士になることを決めたんだもの」

「あの時の夜会で、私はマリエルに近づきもしなかったわ。ルブルスや私のことでマリエルが何と言われているのかわかっていたのに……あの時はこの世界で今後も生きていかなければならないんだから、マリエル一人で乗り越えなきゃいけないと思って、わざと距離を取ったの。でも、辛かったわよね……ごめんなさい」

姉様が私のためを想っていたのは何となく気付いていた。姉様は完璧な貴族令嬢だ。自分にも人にも厳しい。確かに交流会で寂しい思いはしたけれど、姉様を責めるつもりなどない。

私は笑顔で首を横に振った。

「姉様は正しいわ。確かに寂しい思いはしたけれど、それは姉様のせいなんかじゃない。姉様が謝ることなんて何もないの」

「でも、マリエルはあの交流会のせいで騎士になろうと思ったんでしょう？　私がそこまで貴女を追い詰めてしまったんだと、ずっと……私──」

姉様は涙ぐんでいる。

「姉様、違うの。私はあの交流会の時に団長に……ジルベルト様に会ったのよ。その姿を見て、私も誰かを守れる騎士になりたいって思ったの。私は自分でなりたくてなったの。確かに辛いことも多かったけれど、自分の力で人を助けられる騎士という仕事に私は誇りを持っている。騎士になって良かったと、心から思ってる」

「マリエル……」

「ちゃんと話せなくて、そんな風に思わせちゃってたなんて……ごめんね？」

姉様は涙を拭って、微笑んだ。

「いいえ……こうしてマリエルとあの時の話ができて良かった」

「うん」

「騎士になるなんて普通なら考えられない選択だけれど、マリエルは騎士として働くのが幸せなんだものね。幸せに至る道も一つじゃない。幸せの形も人それぞれだって、貴女を見てて感じたわ」

姉様がニコッと笑う。兄様が口を開く。

「そうだよなー。騎士になってなきゃ、ジル兄とこういうことになってないだろうし」

「そうかしら？　騎士団に入ってなくてもルブルスと婚約解消さえしたら、あの方ならマリエルを拐《さら》いに来たと思うけど」

「な、何でそんな風に思うの？」

「だって、令嬢の間では有名だったわよ。ウィンタール家の嫡男は、心に決めた人がいるって。でも、夜会に出ることもほとんどなかった上に、出てもダンスの一つも誘わないもんだから、令嬢の間では結婚する気がないと思われてたわよ」

「そうなんだ……」

脇目も振らずに、そんなに私だけのことをずっと一途に想ってくれてたなんて……顔が熱くなる。

母様がふふっと笑う。

「マリエル、あなた可愛くなったわね。大きくなるにつれて幼い頃のように笑うことも泣くことも少なくなったのに、今はコロコロ表情を変えて……。きっとジルベルト君があなたを変えたのね」

確かに団長を好きになって、私は変わった。どんな私でも彼が深い愛情で包んでくれるから、私は変われたんだと思う。それに愛されてると実感してるから、もう他人の目も陰口も怖くない。

「うん……！」

母様が嬉しそうに目を細めて私を見つめ、また一つ苺パイを私のお皿に載せてくれた。

「それにしても、ジルベルト君があんなに立派になるとはね。マリエルをおぶってきた時は随分と小柄だったのに」

母様の言葉に父様も頷く。

「本当だよな。本当に立派な青年に育ったものだ。それに引き換えミラー伯爵の息子のルブルスは……最近じゃ入れ上げた女に金を使い込まれて、いろんなところから借金をしてるって噂だ。伯爵が返済に回っているらしいが……どうにもならないと聞いた。最初は婚約解消なんてと腹が立ったが、今となっては本当に良かった。マリエル……長年苦労をかけてすまなかったな」

元々ルブルス様との婚約は、父様が持ってきた話だった。ミラー伯爵はうちの領地で取れる鉱石を自領の主産業であるアクセサリーの製造に生かしたいと思っていたらしく、父様に婚約の打診をした。父様も鉱石の販路拡大を考えていたため、この話は渡りに船だった。

父様はずっと罪悪感を抱いていたようだった。

「ううん、父様。何も気にすることなんてないわ。全てがあって、今の私がいる。私にとっては、今、団長の隣にいられるその事実こそが全てだから。私、すごく幸せなの」

父様は優しく微笑んだ。

「……そうか。ありがとう、マリエル」

その時、部屋がノックされた。

「ご主人様、失礼いたします。ウィンタール公爵家のジルベルト様がお見えです」

団長が⁉　私は思わず立ち上がる。父様も母様もその様子を見て笑う。

「落ち着きなさい、マリエル」

「まるで犬みたいだな！　尻尾を振っているのが見えそうな勢いだ」

兄様が私を揶揄《からか》う。

「もう兄様！　うるさい」

父様が言う。

「ほら、ジルベルト君を迎えにいってあげなさい。そのほうが彼も喜ぶだろう」

「はいっ！」

思わず駆け出そうとする私を見て、姉様が言う。

「マリエル？　まさか駆けていったりしないわよね？」

「は、はい……姉様」

私は辛うじて優雅に見える速度で歩き、団長を迎えにいく。しかし、玄関に団長が見えると堪らず走り出してしまった。

「団長!!」

「マリエル!!」

私は団長の胸の中に飛び込んだ。

「マリエル、会いたかった」

「ふふっ。数日会えなかっただけじゃないですか。仕事、落ち着きました？」

一旦身体を離し、団長の顔を窺う。団長は不貞腐《ふてくさ》れたように話す。

「数日だって離れたくない。本当なら、マリエルとの蜜月を過ごしているはずだったんだぞ？　仕事はまぁ、落ち着いた。あの二人も全て話したし、魔女からの手紙とも内容の相違はなかった。今日はその報告に来たんだ」

私は団長を応接室に案内した。皆、団長の歓迎ぶりがすごかった。団長が苦笑いするほど。

ようやく落ち着き、席に座ったところで団長は口を開いた。

「本日は一連の事件の概要が判明しましたので、ご報告に参りました。マリエルも巻き込まれましたし、ルブルス・ミラーの関係者としても、知る権利があると思います。陛下にも許可をいただいています。ただ魔力に関わる機密情報もありますので、他言無用でお願いします」

ジル様は、事件の全容を話し始めた。


事の始まりは、今から十二年も前だった。

子爵令嬢であるリリー様は、今回亡くなったメデトー子爵の幼馴染であり、婚約者だったらしい。幼い頃から婚約者だった二人は順調に交際していたが、突然彼女は婚約解消される。原因は、メデトー子爵が運命の人に出会ったから、という理由だった。惨めな想いをしながらも、幼馴染として式に参列したリリー様を待っていたのは、周りの嘲るような視線と辛辣《しんらつ》な言葉であった。許せないことにメデトー子爵とその妻は、公衆の面前で彼女の容姿を馬鹿にしたそうだ。

心に傷を負ったリリー様はそれ以来、人の視線を恐れて実家の屋敷を出られなくなった。カーテンを閉めたまま、使用人や家族との接触も必要最低限で済ませ、部屋から動くこともほとんどなく暴飲暴食を繰り返したリリー様は太り、肌や髪もボロボロとなった。そんな生活を続けるうちに、彼女の精神は徐々に崩壊していき、やがて自分を社会的に殺した二人を今度は自分が殺してやろうと計画し始めた。

運悪くリリー様の実家の子爵家にはいくつか魔道具が眠っていた。今回使われたのは、その中の一つである「呪いの盃《さかづき》」という魔道具だった。盃《さかづき》に呪いたい相手の一部と魔力を注ぎ込むと、相手は呪われて死ぬというものだ。リリー様は子爵家の侍女を買収し、子爵夫妻の髪を採取した。あと必要なのは魔力だった。彼女は魔女であるシーラ様に会いにいった。久しぶりに外に出るのは辛かったが、二人に対する憎悪だけが自分を動かしたとリリー様は話したらしい。

何でもするから魔力を分けてほしいと懇願したが、シーラ様はそれに応じなかった。しかし、泣きながら婚約者に裏切られた自分の身の上を語る彼女を見て、可哀想になったシーラ様は、少しの間だけここで療養していくと良いと勧めた。また、シーラ様は自分の醜さに嘆く彼女を見て、呪いではあったが姿形を望むように作り変えてやった。あまりにも喜ぶのでそれは一年間だけだとすぐには伝えられず、この城を出る時に伝えようとシーラ様は思っていたそうだ。

しかし、一か月も経たないうちにリリー様は城からあるものを盗み出し、姿を消した。盗み出されたのは液体状の媚薬。その媚薬は魔力が込められており、強い催淫効果と交わった女性に対する中毒性があった。シーラ様は彼女の行いに憤りはしたが、媚薬は人命に関わるような魔道具などではなかったことから、放っておくことにしたらしい。

実家に戻ったリリー様は、すぐに盃《さかづき》に媚薬を注いだ。しかし、呪いの盃《さかづき》は効果を発揮しなかった。

そこで今度はまだ半分ほど残っている媚薬自体を使うことにした。

夜会に参加し、リリー様はかつての婚約者によく似たルブルス様を見つけた。その上、幼少期からの婚約者がいると聞いて、今度は自分が奪う側になれると思った。その令嬢が惨めな思いをすれば、自分はもうその呪縛から解き放たれるような思いを抱いたと語っていたそうだ。

その後、リリー様は夜会中にルブルス様の飲み物に媚薬を混入させ、関係を持った。彼女の虜となったルブルス様に「貴方は特別な人間」だと言い聞かせ、婚約者など捨てろと囁《ささや》いたらしい。

そしてルブルス様を誑《たぶら》かし、ミラー家の財産を使い込んだ。その金で暗殺者を雇い、魔道具では殺せなかったメデトー子爵夫妻を殺すよう命じた。暗殺者は子爵邸に侵入したが、その時すでに子爵夫妻は死んでいた。奇《く》しくもこのタイミングで、呪いの盃《さかづき》が効力を発揮したのだ。魔力が弱く、盃《さかづき》が魔力を感知するのに時間が掛かったが、結果として盃《さかづき》の効力で子爵夫妻は殺された。

人命に関わる魔力の行使が、魔獣を生み出した。シーラ様は魔獣を感知し、この時初めてリリー様が魔力を目的として媚薬を盗んだことに気付いた。

しかし、全てがリリー様の思い通りに進んだのはここまでだった。会場で呪いは解け、彼女の本当の姿が白日の下に晒された。こうして、彼女は子爵夫妻への殺人罪と魔女の城から媚薬を盗み出した窃盗罪、魔女に契約を持ち掛けた魔約違反罪などの罪に問われることが決まった。

ついでにルブルス様はリリー様に洗脳されていたと主張したが、世間だけではなく、父親であるミラー伯爵ももう彼を受け入れなかった。どうやら彼は甘いマスクで多くの令嬢を傷物にして、中には身ごもらせてしまったこともあったらしい。その後始末にミラー伯爵は散々奔走《ほんそう》していた。しかし、今回の件でミラー伯爵も息子を諦める決心が付いたらしい。結果、ルブルス様は廃嫡され、生家を追い出されることとなった。

★　☆　★

全ての真実が明らかになり、後処理も終わった騎士団は普段の様子を取り戻していた。まだ魔獣討伐の怪我で療養中の者もいるが、皆順調に回復している。

私も騎士団に戻ったが、主にジル様や副団長の補佐業務をメインにこなしていて、騎士として前線に立つことはほとんどなくなっていた。以前の私であれば、この状況を認めなかっただろう。けれど、私が騎士として戦うのに拘《こだわ》ることはなくなっていた。

副団長とパデル爺は婚約をもちろん喜んでくれたが、意外なことにアランが自分のことのように喜んでくれた。副団長の話では私がシーラ様の城にいて、ジル様が憔悴《しょうすい》してる間もそれをサポートするように、寝る間も惜しんでジル様に尽くしていたらしい。

また、公爵家にもご挨拶にいった。ジル様のご両親は、ようやくこの時が来たと大喜びで私を迎えてくださった。そして、ジル様の弟であるトリスタン様にもお会いした。

驚くことに私がご挨拶に行った時には私の部屋ができていた。照れたようにジル様は待ちきれなくて造ってしまったと話していたが、私はさすがに言葉を失った。

結婚は婚約から半年後に決まった。早くても婚約から一年を待つのが普通だが、これ以上待てないというジル様の主張の下、結婚式の日取りは決まった。……まぁ、私も早くジル様と結婚したかったからいいのだけれど。

あれから、シーラ様とは手紙のやり取りをしている。いつか会いにいきたいと思っているが、結婚式が半年後になったせいもあって、忙しくて会いにいけていない。シーラ様はそれを責めるわけでもなく、楽しみにしていると手紙で言ってくれている。

その上、結婚式に向けて、ウェディングドレスをシーラ様が作ってくれることになった。エアロの話では毎日とても楽しそうに作っている、と感謝された。シーラ様はエアロがシーラ様を恨んでいると言ったけれど、そんなことはないと思う。二人がわかり合える時が来ればいいな……

結婚式まであと二か月を切ったある日、私は仕事終わりにジル様に連れられて、王宮に来ていた。今日は何も王宮でイベントはなかったはずだけど……どうしたんだろう？

ジル様は戸惑う私の手を取り、どんどんと進んでいく。

「あ、ここ……」

ジル様が歩みを止めた場所は私たちが交流会の日、出会った庭園のあの場所だった。

「あぁ……俺たちが再び出会った場所だ」

あの時とほとんど変わっていない。そこに置いてあるベンチに私たちは身を寄せて腰掛けた。あの時とは違い、もうすっかり日は沈んでいたが、庭は月に照らされて明るかった。

「もう一度、ここにマリエルと来たかったんだ」

「うん、一緒に来られて嬉しい。……六年前のあの日、ここに来た時にはひどく寂しい気持ちだったのに、今はこんなにも幸せで、満たされて……なんだか変な感じです」

ジル様は少し眉を下げて、私に微笑んだ。

「マリエルはここで騎士になろうと決めたんだよな？」

私はゆっくりと頷く。

「あの日、ジル様の優しくて強い目を見てこんな風に強くなりたい、と思いました」

「強く、なれたか？」

「はい。ジル様のように素晴らしい剣の腕があるわけじゃないですが、強くなれたと思います。でも……私を本当に強くしてくれたのは、騎士団ではなく……ジル様の存在です」

「……俺の？」

ジル様は眉を顰《ひそ》める。

「はい。どれだけ腕を磨いたって、かつて辛い思いをした社交界に出るのは怖かった。盗賊や魔獣と戦うことができても、着飾った貴族の中に入るのは怖かったんです……。でも、今は怖くありません。私にはジル様がいるから……もう大丈夫です」

私はジル様に笑いかける。そして、その手を取った。

「今日は……私に騎士を続けるか、聞きたかったんでしょう？」

「わかっていたか……」

「えぇ。毎日一緒にいますしね。何回か言い出そうとしてるのも気付いていました」

「ははっ。そこまで気付かれていたのか。すまない……マリエルが騎士の仕事が好きなのはわかっているんだ。この仕事にやり甲斐《がい》を感じていることも知っている。実力もあるし、他の騎士との絆もある……。マリエルが続けたい気持ちも理解してるつもりなんだ」

繋《つな》がれた大きな手が、震えている。誰よりも強いのに私の行動一つでこんなにも怖がって……

「だが、やっぱりマリエルが心配なんだ。どれだけ強くても怪我をしたり、最悪命を落としたりすることだってある。俺は怖いんだ、マリエルになにかあったらと思うと……」

私は真っ直ぐにジル様の瞳を見つめた。

「たくさん悩ませちゃって、ごめんなさい。私にとって騎士団がどれだけ大切なものか理解してくれて、すごく嬉しいです。騎士団は私が私らしくいられる場所……あの場所が私は大好きです」

私の告白をジル様は瞳を揺らしながら、聞いてくれる。

「だけど……私、何よりもジル様が好きです。ジル様の隣が私の場所で、一番私らしくいられる場所です。これからは、ジル様の部下ではなく、妻として生きていきたい。いいですか？」

ジル様は、涙を隠すように私の肩に顔を埋めて、ぎゅっと抱きしめた。

「もちろんだ……ありがとう……」

「こちらこそ……私を選んでくれて、ありがとうございます」

私は騎士になろうと決意したこの場所で、騎士を辞めると決めた。

エピローグ　レッスンは続く

ようやくこの日がやってきた。

朝早くから開始した準備も終わり、ようやくジル様と対面だ。

シーラ様の作ってくれたウェディングドレスは本当に素晴らしかった。手紙に私のスタイルの良さを最大限に生かしたデザインにしたと書いてあった通り、シンプルながらも緻密《ちみつ》な刺繍《ししゅう》が見事で身体のラインが美しく出るドレスだった。また、多分ジル様のおかげで平均よりも少し大きくなった私の胸をより大きく美しく魅せた。

「マリエル、入るぞ」

「うん」

扉を開けて、私の姿を見たジル様は固まった。

彼は式典時にのみ着用が許される真っ白な騎士服を着ている。なんてかっこいいんだろう……

「ジル様……かっこいいです！」

ニコッと笑い掛けると、ようやくハッとしたようにジル様は動いた。静かに扉を閉め、私の両肩に手を置く。……いまだ無言で、私を見つめている。……前もこんなことあったな。

「マリエル……」

「式に出るのはやめよう、とか言わないでくださいね」

「……！　なんでわかった⁉」

「半年前のあの夜会と同じ反応だから」

「そうか……あの時も月の女神のような美しさだったが、今日はそれを上回る美しさだ。この世を照らす光の女神といったところか。今日のマリエルを見た男が全員惚れてしまったらどうするんだ！　いや……この美しさなら惚れてしまう女もいるかもしれない。マリエルは王都でも美しいと評判の女性騎士だったし……」

結婚式にまで何を言ってるんだ……ジル様は……

ジル様にとって私が大切なのは、よくわかってるんだけど、私可愛さにこの人は時々発言がおかしくなる。それも最近は慣れてきたが。

「そんなことはないと思います。でも、仮に誰かが私に惚れたとしても関係ありません。ジル様が私を守ってくださるのでしょう？」

ジル様はフッと笑った。

「そうだな。もう、誰にも渡さない。一生離さない。俺だけのマリエルだ」

そう言って、ジル様は私を抱きしめた。

その流れでキスをしようとしたが、侍女に式典までお待ちくださいときつく止められた。

式は滞りなく進んだ。

家族にも騎士団のみんなにも祝福してもらって、本当に幸せだった。シーラ様のドレスはやっぱり大好評で、あの姉様が私にシーラ様を紹介してほしいと頼み込むほどだった。今度、シーラ様に会った時に目の前で着て見せたいな、と思った。

なんとエアロも参列してくれた。私はその場にいなかったのだが、副団長と共に会場に入った時、エアロの美貌に招待客の皆さんがざわついたらしい。エアロもどこかの令嬢と縁があったらいいな、なんて思ったが、終始副団長にぴったりくっついていた。意外にも人見知りなのかもしれない。

式もその後の舞踏会も終わり、私たちは公爵家のお屋敷に戻ってきていた。私は侍女に身体を磨かれ、香油を塗り込まれ、頭の先から爪の先までピカピカにされた。ここまでお膳立てされて……逆になんだか恥ずかしい。夜着は花嫁らしく真っ白なレースに花の刺繍《ししゅう》があしらわれたシンプルな物だった。

私は夜着の上にガウンを着て、ベッドに座って待つ。ジル様はまだ来ていない。そんなに待っていないはずなのに、すごく時間が長く感じる。

その時、ガチャっと扉が開いた。私は慌てて立ち上がる。

ジル様はお風呂からすぐにこちらに向かったのか、まだ髪の毛が濡れていた。ただでさえかっこいいのに、髪が濡れて色気がすごい。ガウンの隙間からは見事な筋肉が見える。

「マリエル、待たせたな。……って、なんで立ってるんだ？」

「わ、わかりません。思わず……」

私は恥ずかしくて、ガウンをキュッと握りしめる。

それを見て、ジル様は笑った。

「もしかして、緊張してるのか？」

私は言葉を返せない。

「くくっ。そうだよな、初夜だもんな。今日からマリエルが俺の妻なんて、夢みたいだ」

ジル様は私にゆっくり近付き、キュッと抱きしめた。あったかい……私もジル様の背中に腕を回す。

「本当だな。でも、もしこれが夢だったとしても、目覚めたら、すぐにマリエルを奪いにいくさ。もうマリエルがいない人生なんて考えられない」

「夢だったら困る」

ジル様は腕の中に閉じ込めた私を見下ろすと、軽くキスを落とす。

「私も。ジル様がいない人生なんて考えられません」

ジル様は嬉しそうに、今度は熱い口付けをくれた。私の舌を執拗《しつよう》に追いかけ、絡ませてくる。私も負けじとジル様の舌に絡ませる。

「んっ……ふぅ」

必死に与えられるキスに応えている間、ジル様の手はガウンの隙間から入りこみ、夜着越しに私の肌を刺激していく。

「あぁ……ん！」

ジル様は私のガウンの紐をほどき、床に落とした。私の夜着姿を見つめ、目を細める。

「もうすっかり大きくなったな、ここも」

ジル様はそう言って、胸を優しく揉む。ふと肩を押され、二人でベッドに寝そべる。ジル様は絶えず胸を揉み、乳首にも徐々に刺激を与えていく。

「レッスンで……ジル様が……おっきくしてくれたから……」

「そうだな……よくできた生徒だ、マリエルは。こんなに大きく育つなんて。これからもちゃんとついてこいよ」

「もう結婚したのに……？」

「たまにはそういうのも悪くないだろ？　それにこれからも俺が可愛がり続けるんだから、大きくもなるさ」

「ジル様のえっち……」

「あぁ、そうだ。マリエルにだけな。だから、全部受け止めてくれ。とりあえず今日は思う存分……な？」

「……うん。いっぱいジル様を感じたい……」

私がそう言うと、ジル様は乳首を夜着の上から咥《くわ》えた。ジル様が舌で舐めまわすと夜着と乳首が擦れ合って、細かな快感が身体に溜まっていく。最後に軽く齧《かじ》られ、思わず嬌声《きょうせい》が上がる。夜着と乳首が唾液で張りつくのを見て、ジル様は満足そうに笑う。

「乳首の色も形も丸見えだ……ピンっと立って、俺を誘っている」

早く触れてもらいたくて堪らなかった。

「ジル様……脱がせて。直接いっぱい弄《いじ》って……」

私がそう訴えると、ジル様は夜着のリボンをほどき、私を生まれたままの姿にした。

近づいてくるジル様の胸を私は押し返す。

「マリエル？」

「ジル様も、脱いで？」

「わかった」

ジル様はそう言うと、ガウンも下着も全て取り払い、ベッドの下に脱ぎ捨てる。

ガウンの下には美しい肉体があり、また無数の細かな傷跡があった。それさえもジル様の勇猛さを表すようで美しい。鍛えられた腹筋の下にはそそり立った大きな陰茎がある。私の中に入りたいと涎を垂らすように、先端は濡れていた。

ジル様と私は裸で抱き合い、お互いの身体を絡ませた。ジル様の太ももが私の足の間に差し込まれる。

私はジル様の太ももに陰核を擦りつけるようにして、腰を動かしてしまう。片手でジル様の陰茎を優しく握り、ゆっくりと上下に動かす。

ジル様は太ももで私の陰核を刺激しながらも、私の胸を愛撫《あいぶ》した。大きく揉みしだいたと思ったら、クルクルと乳首の周りを刺激し、物足りなさを感じた頃に乳首をキュッと摘む。その間も私に激しくキスを贈る。そのうち、ジル様の唾液が流れてきて、コクンとそれを呑み込む。それは媚薬のように私の子宮に響いた。

もう我慢できなかった。一秒でも早く、私の中の渇きを埋めてほしくて堪らなかった。

「はぁっ、じるさまぁ！　もぉ、ほしいのっ！　なかに……っ、じるさまの、いれてぇ……っ!!」

ジル様は腰をくねらせながら懇願する私を満足そうに眺めた後、私の足を大きく割り開いた。

「あぁ……今日は一滴残らずマリエルの中に注いでやる」

そう言うと、私の中に陰茎を突き刺し、すぐに腰を激しく振る。最初から全く容赦なかったが、十分に濡れた私の蜜壺は悦《よろこ》んで、ジル様の陰茎を迎え入れた。

「あっ、あっ……あぁんっ!!」

「まずは奥から気持ち良くなろうな……っ！」

ジル様は私の臀部《でんぶ》をぐいっと上げると、上から陰茎を叩きつけるように私の奥に突き刺す。苦しいし、きっとお尻の穴も見えちゃってる恥ずかしい体勢なのに、大好きな奥を突かれて、もう何も考えられなかった。身体もビクビクして、確かにイっているが、与えられる快感が絶え間なくて、いつイっているのかわからないくらいだった。

「ひっ、ぁんっ！　ぁあ！」

「マリエル…っ!!」

ジル様は私の名前を呼ぶと、最奥に子種を放った。びゅびゅっと勢いよく射精するのがわかる。それすらも快感に変換され、私の身体は跳ねる。

「はぁ……ぁ、ぁあっ」

私が呼吸を整えていると、陰茎を入れたまま、団長は臀部《でんぶ》をおろした。私に覆い被さり、労《いたわ》るかのように頭を撫でてくれる。

「苦しくなかったか？」

「ん……だいじょぶ。いっぱい、きもちよくて……っ、ん！」

私が話してるのにジル様は陰茎をまたゆっくりと抜き差しし始める。

「今は奥だったから、今度はここで気持ち良くなろうな」

そう言って、ジル様は下腹部のお腹側を器用に陰茎で擦る。

「あっ、あぁんっ‼」

「そうだ。こっちも可愛がってやらないとな」

ジル様はすでに勃《た》ち上がった私の陰核をぎゅっと潰《つぶ》す。

「ひゃぁ、あんっ‼」

ジル様は小刻みに私の中に陰茎を擦りつけながら、陰核を責める。

再び思考が快楽に塗り潰《つぶ》され、何も考えられなくなってくる。

「だめぇっ‼　あぁっ！　はぁっ、はっ……ぁっ！　イっちゃうっ！」

すると、ジル様はピタッと陰茎と指を動かすのを止めた。

「……っ！　なんでぇ……」

私が泣きそうになりながら、再び懇願すると、ジル様はフッと笑い、また指と陰茎を動かした。

「はっ……ぁん、あっ、あっ！」

快感がまた体内に溜まっていく。蜜口は、愛液と先程吐き出された白濁のせいでジュブジュブと卑猥な音を立てている。

「はぁん……ジルさまっ！　ぁん！　イく……イくぅ！」

またイきそうになると、動きが止められる。

私の身体にはギリギリまで快楽が蓄積され、もう溢《あふ》れてしまいそうだ。私は涙を流して訴えた。

「はっ……ぁあん、もぉむりぃ!! ジル……ジルっ！ おねがいっ！ イかせてぇ……っ!!」

「悪かった。でも、次はいっぱい気持ち良くなれるからな。奥にたくさん注いでやる」

ジル様は激しく腰を振った。膣内がキュウキュウと陰茎に絡みつき、陰茎を呑み込むかのように蠢《うごめ》く。もう、限界だった。

「あぁっ!! ひっ、あっ、あっ！ ぁああ!!」

「くっ……」

ジル様が勢いよく腰を突き入れ、熱い子種を吐き出した。

それと、ほぼ同時にぷしゃぷしゃと私から出たなにかがジル様のお腹にかかった。

快感で埋め尽くされたぼんやりする頭でなんだろう……と思う。

徐々に意識がはっきりしてくると、とんでもないことをしたのでは……と身体が冷えていく。

私はグスッと鼻を啜《すす》った。

「マリエル？ 一体、どうしたんだ!?」

ジル様は濡れることも気にせず、上半身を倒し、私の涙を拭ってくれる。

「……ごめんなさいっ。わたし……も、漏らしちゃった。せっかくの初夜なのにぃ……ぐすっ」

ジル様は眉を顰《ひそ》める。

「……漏らす？」

「うん……ピュッピュッて出ちゃった……」

「あぁ……これは潮を噴いたんだ」

「……しお？」

「そうだ。すごく気持ち良いと出るんだ。恥ずかしいことじゃない。マリエルが上手に気持ち良くなれた証拠だ」

……そんなのがあるの？　確かにジル様はなんだか嬉しそうだ。

「……ほんとに？　ジル様、嫌じゃない？」

「嫌なはずがない。マリエルがいっぱい俺で気持ち良くなってくれたんだから」

そう言って、私の目尻にチュッとキスを落とし、涙を吸った。

安心した私は、とたんに身体から力が抜ける。

「良かった……私、ジル様に嫌われたらどうしようかと――」

「何があっても、マリエルを嫌うことなんてないさ。安心して、全てを見せろ」

ジル様は私に口付けを落とした後、今度は首筋や鎖骨を舐めていく。まだイったばかりで快感が抜け切っていない私の身体はすぐに反応し出す。

「じゃあ、まだまだ一緒に気持ち良くなろうな」

ジル様は唇をぺろりと舐め、私の感触を確かめるようにゆっくりと陰茎を奥まで突き刺していく。

「えっ……もう？　や、やぁ……」

結局ジル様は私の身体を隅から隅まで一晩中味わい尽くした。私は途中短い失神を何回かしながらも、ようやく外が白け始めた頃に寝かせてもらえたのだった。

……ジル様の思う存分は恐ろしいことを改めて思い知った。


ジル様は結婚式の後、二週間の休みを取っていた。今度こそ蜜月だ、部屋に籠《こも》ろう！　と張り切っていたのだが、私がどうしてもシーラ様に会いたくて、一緒に北の大地まで行ってもらった。

道中は二人で街を見て回ったり、同じテントで寝たり、すごく楽しかった。きっとお屋敷で二週間過ごしたら、ほとんど寝室で過ごすことは目に見えていたので、よほど健康的な過ごし方だったと思う。

それでも、ジル様はずーっと私にぴったりくっついていた。夜になると、毎日欠かさず私を貪ったし、信じられないことに野外でも抱かれた。結局求められれば、私も抱いてほしくなってしまうから、困ったものだ。

シーラ様のところへ行くと、本当に来てくれた！　と泣いて喜んでくれた。そして、驚くべきことにあのシーラ様がジル様に悪かったと謝罪をした。

シーラ様に対しては複雑な感情を持っていたジル様だが、今回のことは私に免じて水に流してくれることになった。

彼女と二人お茶をしてる間、ジル様は何故かエアロと打ち合いをして待っていた。エアロは細いながらも、なかなかの腕前でジル様とまともに打ち合っていた。騎士団でもジル様とここまでの打ち合いができる騎士は限られているので、本当にすごいことだ。ジル様も強い人に会ったからか、どこか嬉しそうだった。

その後休暇も終わり、ジル様は仕事が、それと同時に私は公爵夫人としての教育が始まった。慣れないことも多かったが、ジル様の隣にいるためならと思えば、何も辛くはなかった。

あんなに仕事漬けだったのが嘘のようにジル様は早く帰ってくるようになった。毎日一緒に夕飯を食べて、二人の部屋へ行って、食後のお茶を啜《すす》る。ジル様は誰にも邪魔されたくないからと言って、二回目のレッスン時に私に振る舞ってくれたラキィティーを今でも淹《い》れてくれる。私はジル様の淹《い》れるこのお茶が世界一美味しいと思う。そして、二人で今日あった出来事を話して、毎晩抱き合って眠る。

こんな幸せが私に訪れるなんて、思いもしなかった。

これ以上の幸せなんてきっとどこにもないだろう。

★☆★

「ルーク！　気を付けてね！」

「あいっ！」

結婚してから数年が経った。息子のルークはもうすぐ二歳になる。最近はジルの真似をしているのか木の棒を振り回し、騎士ごっこをするのがお気に入りだ。今日はジルに稽古をつけてもらって、嬉しそうだ。しばらくしてから、ルークがキョロキョロと周りを見渡して、私を見つけると、満面の笑みでこちらに駆けてきた。

ルークは私にギュッと抱きつく。クッキーを渡してあげると、それを美味しそうに口いっぱいに頬張る。

本当に可愛い。自分の子供がこんなに可愛いものだとは産まれるまで予想もしていなかった。これ以上の幸せなんてないと思っていた予想を、ルークは軽々と超えてきた。彼を初めて抱いた瞬間、私は涙が止まらなかった。私の隣でジルも泣いていた。私たちの全てをかけて、この子を守ってあげたいと思った。

ルークの後を歩いてきたジルも私の横に座り、私のこめかみにキスをくれる。

「寒くないか？」

「大丈夫よ」

ルークは早々とクッキーを食べ終わり、もう目の前の蝶に興味が移ったようでぴょんぴょんと跳ねながら追いかけている。私たちはその姿を見ながら、肩を寄せ合う。いつも通りジルが私の頭を撫でる。

「こんなに幸せになれるなんて思ってもみなかった。マリエル……ありがとう」

ジルが呟く。

「ふふっ。私の方こそ。ありがとう。大好きよ、ジル」

私がコバルトブルーの瞳を見つめて言うと、ジルは目を細めた。

「あぁ。マリエル、愛している。これからもずっと」

そう言って、私に口付けた。

ジルは、相変わらず私を深く一途に愛してくれている。その愛情は一ミリの疑いようもないほどで、どこへ行っても私への独占欲を隠そうともしないジルは、社交界では愛妻家として有名だ。こんなに私を愛してくれる人は、この人以外いないだろう。

もちろん、私だってジルに負けないくらい、彼を愛している。ジルに触れられるだけで嬉しくて、私の胸はじんわりとあたたかくなる。ジルが私の名前を呼ぶだけで、愛しくて泣きたくなる。その気持ちは年々膨れ上がっていくばかりで、自分でも怖いほどだ。ジルに何かあったら……と思うと、恐ろしくて堪らない。

でも、ジルは騎士だ。どんなに強くても、いつ何が起きるかわからない。だからこそ、私は一日一日後悔しないように愛を伝える。ジルを強くするのは、私への愛だともう知っているから。

ジルは、私と目を合わせると、ニヤリと笑った。

「そうだ、今夜はレッスンにするか」

私は思わず胸を押さえた。

「もう……これ以上大きくしないで」

「マリエルが感じなければいいんだ」

「そんなの無理だって、知ってるでしょ！」

「そうだな、マリエルは快楽に弱いから」

「ちょっ――」

そこで、ルークが遊ぼう！　とジルにねだりにくる。

ジルはルークに手を引かれ、立ち上がる。

「じゃ、今夜な」

ジルは嬉しそうに笑いながら行ってしまった。

ジルはレッスンと言って、胸ばかりを愛撫《あいぶ》することがある。お願いしても、なかなか下を触ってくれないし、挿入してもくれない。気持ちいいけど、一番欲しいものはなかなか与えてくれないという辛い仕打ちなのだ。そのせいなのか、私の胸は今や母よりも姉よりも大きくなってしまった。これ以上大きくなると、動きにくいのに、ジルは一向に止めてくれる気配はない。

「もう！　ジルったら！」

一人文句を言う。でも、自分でも頬が緩んでいるのがわかる。

結局、私もジルに愛されるのが嬉しくて仕方ないのだ。

二人は、追いかけっこを始めたらしい。笑顔の二人を見つめる。

可愛い可愛いルーク。そして、最愛の人であるジル。

この二人とこれからも当たり前の幸せを積み重ねていきたい。

それがかけがえのない宝物になって、より私たちを強くしてくれる。


そろそろ暖かい季節が来る。

柔らかな風を受けて、私は新たな宝物が運ばれてくる予感を抱いていた。

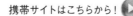

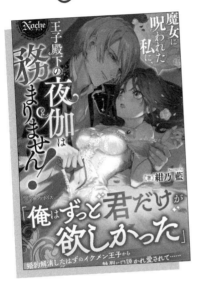

この作品に対する皆様のご意見・ご感想をお待ちしております。

おハガキ・お手紙は以下の宛先にお送りください。

【宛先】

〒150-6008 東京都渋谷区恵比寿4-20-3 恵比寿ｶﾞｰﾃﾞﾝﾌﾟﾚｲｽﾀﾜｰ 8F
（株）アルファポリス　書籍感想係

メールフォームでのご意見・ご感想は右のＱＲコードから、
あるいは以下のワードで検索をかけてください。

アルファポリス　書籍の感想　検索

ご感想はこちらから

本書は、「アルファポリス」（https://www.alphapolis.co.jp/）に掲載されていたものを、
改題、改稿、加筆のうえ、書籍化したものです。

騎《き》士《し》団長《だんちょう》と秘密《ひみつ》のレッスン

はるみさ

2021年 10月 25日初版発行

編集－桐田千帆・森順子
編集長－倉持真理
発行者－梶本雄介
発行所－株式会社アルファポリス
〒150-6008 東京都渋谷区恵比寿4-20-3 恵比寿ｶﾞｰﾃﾞﾝﾌﾟﾚｲｽﾀﾜｰ8F
TEL 03-6277-1601（営業） 03-6277-1602（編集）
URL https://www.alphapolis.co.jp/
発売元－株式会社星雲社（共同出版社・流通責任出版社）
〒112-0005 東京都文京区水道1-3-30
TEL 03-3868-3275
装丁・本文イラスト－カヅキマコト
装丁デザイン－AFTERGLOW
（レーベルフォーマットデザイン―ansyyqdesign）
印刷－中央精版印刷株式会社

価格はカバーに表示されてあります。

落丁乱丁の場合はアルファポリスまでご連絡ください。

送料は小社負担でお取り替えします。


ISBN978-4-434-29492-1 C0093